Stefanie Schreiber

Nordfriesenfrost

Die Deutsche Nationalbibliothek verzeichnet diese Publikation in der Deutschen Nationalbibliografie; detaillierte bibliografische Daten sind im Internet über www.dnb.de abrufbar.

Text: Stefanie Schreiber
Umschlagfoto: Shutterstock
Lektorat: Ursula Schneider
Korrektorat: Margarete Götz
Fotovorlagen: Paul Fröls, Stefanie Schreiber
Covergestaltung und Buchdesign: Jette Marthens
Illustration *Emily Anderson*: Jette Marthens

ISBN 978-3-96608-030-9
Gedruckt in Deutschland

Alter Elbdeich 124
21217 Seevetal-Over
www.Nordfriesen-Krimi.de

Stefanie Schreiber

Nordfriesenfrost

2. Fall für Emily Anderson

Küstenkrimi

servitus Verlag

Für Papa
in Liebe und Dankbarkeit

Ein kleines Lexikon norddeutscher Begriffe
finden Sie am Ende des Buches.

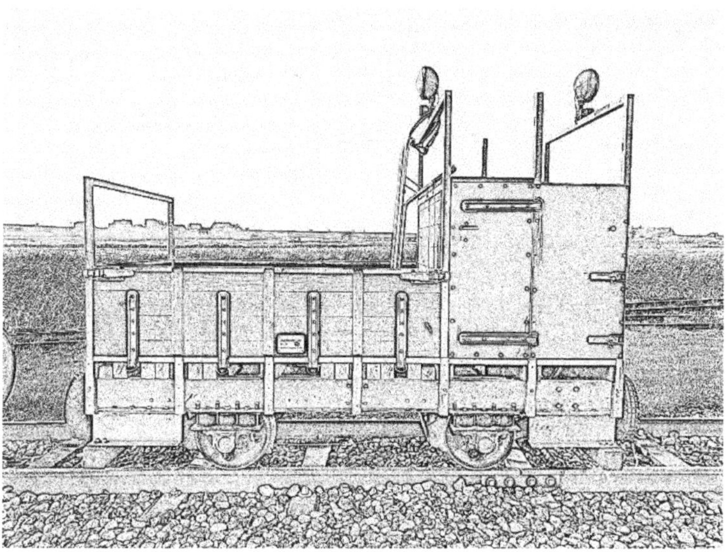

Prolog

Warum müssen wir unbedingt mit der Lore nach Langeneß übersetzen?“, fragte Piet zum gefühlt hundertsten Mal, was Emilia nun ungeduldig werden ließ.

„Das haben wir doch hinlänglich diskutiert. Weil es ein einmaliges Erlebnis ist, zu dem man ohnehin nur Zugang hat, wenn man auf der Hallig ein Quartier mietet.“ Sie blickte ihn über ihre Lesebrille an.

„Aber die meisten Loren sind offen. Hast du mal aufs Thermometer geguckt? In der letzten Nacht waren es vierzehn Grad unter null. Dazu kommt dieser schneidende Ostwind“, maulte er weiter, was ungewöhnlich war. Normalerweise akzeptierte er es, wenn das Paar eine Entscheidung getroffen hatte.

„Ach, es ist ein klarer Tag. Bis wir in Dagebüll angekommen sind, wird es bereits wesentlich wärmer sein." Emilia zeigte in einer ausladenden Geste zum Fenster. „Strahlender Sonnenschein! Was wollen wir mehr? Ich finde, das Wetter ist geradezu ideal für so einen Ausflug. Wenn es jetzt regnen würde ... oder schneien ... aber so? Zieh dich einfach warm an. Du wirst sehen, die fünfundvierzig Minuten der Fahrt vergehen im Fluge. Außerdem bekommst du die Gelegenheit, wirklich besondere Fotos zu schießen." Für Emilia war die Diskussion damit beendet. So kurz vor der Abreise ihre gesamten Pläne umzuschmeißen und sich eine Fährverbindung herauszusuchen, kam auf keinen Fall in Frage.

Seit Monaten freute sie sich darauf, mit ihrem Mann ein paar erholsame Tage auf der größten Hallig im nordfriesischen Wattenmeer zu verbringen. Der Jahreswechsel eignete sich dafür wunderbar. Insgeheim hatte Emilia bei der Buchung des Winterurlaubs gehofft, eine stürmische Phase mit einem Landunter zu erleben. Ihre Recherche, die trotz der erklärten Auszeit auf dem Programm stand, wäre dann noch wesentlich spannender gewesen. Piet war spontan nicht sehr begeistert von der Idee gewesen. Nach seinen Vorstellungen hätten die beiden lieber einen reinen Urlaub auf einer Sonneninsel verbringen sollen, aber wie üblich hatte sich die Schriftstellerin durchgesetzt.

„Dabei werden mir die Finger abfrieren", mokierte er sich weiter.

Schon wollte Emilia zu einer entnervten Entgegnung ansetzen, als sie Piets verschmitzten Blick auffing.

„Ach du! Du willst mich nur aus der Reserve locken", bemerkte sie mit einem Lachen, das ihren aufwallenden Ärger vertrieb.

„Hhm. Ich habe trotzdem etwas gut bei dir“, murmelte er abschließend. „Okay, dann trage ich mal das Gepäck zum Auto – sonst verpassen wir unser Lorentaxi.“

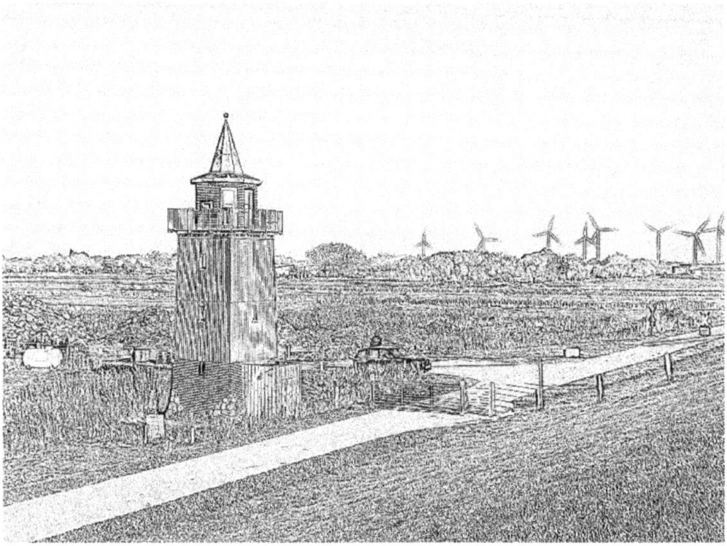

Emilia in Dagebüll

Montag, den 26. Dezember

Emilia genoss die einstündige Fahrt von Friedrichstadt nach Dagebüll. Selten genug wurde ihnen weihnachtliches Winterwetter beschert, aber in diesem Jahr hatte es bereits einen Tag vor Heiligabend kräftig zu schneien begonnen. Die gesamte Landschaft lag still und friedlich da. Auf zahlreichen der vorbeiziehenden Felder war die Schneedecke unberührt oder lediglich von einigen Spuren gezeichnet, die Tiere hinterlassen hatten. Ideale Bedingungen für eine entspannte Auszeit, davon war Emilia überzeugt.

Nicht, dass sie diesen Urlaub vor lauter Stress unbedingt gebraucht hätte. Ihr Leben lief in geregelten Bahnen. Zusammen mit Piet schrieb sie zwei bis drei Kriminalromane pro Jahr, wobei er den Bärenanteil der Recherche übernahm und sich um den ganzen Papierkram drumherum kümmerte. Emilia schrieb in der Regel die Manuskripte, aber manchmal übernahm auch er den kreativen Part. Sie waren ein eingespieltes Team, Ihr Schreibstil hatte sich im Laufe der Jahrzehnte immer weiter angeglichen.

Die Weihnachtstage waren mit gutem Essen, ausgedehnten Spaziergängen und ein paar Schneeballschlachten in absoluter Harmonie vergangen. Herrlich war das gewesen, so ausgelassen durch das winterliche Friedrichstadt zu toben und dabei zu vergessen, dass beide die Mitte fünfzig bereits überschritten hatten. Wo war bloß die Zeit geblieben? Im Grunde fühlte sich Emilia nach wie vor jung und voller Tatendrang.

Sie kuschelte sich in den Sitz. Husum und Hattstedt hatten sie bereits passiert. Piet wählte die Strecke über Reußenköge. Im gleißenden Sonnenlicht glänzten die mächtigen Windräder, deren Rotorblätter sich träge im leichten Wind bewegten. Auch wenn Piet anderer Meinung war: Es herrschte ideales Wetter für eine Lorenfahrt durchs Wattenmeer! Natürlich hatte Emilia sich im Vorwege ein Youtube-Video dazu angeschaut.

Auf den Halligen Langeneß und Oland gab es insgesamt fünfundvierzig Loren, Neuzulassungen waren nicht mehr möglich. Alle waren individuell gefertigt und wurden mit einem Sechs- oder Acht-PS-Motor angetrieben, der sie in entsprechender Geschwindigkeit über den Lorendamm zuckeln ließ. Während so eine Fahrt für die Urlauber ein außergewöhnliches Erlebnis war, stellte sie für die Halligbewohner reine Routine dar. Die Loren wurden als Verkehrsmittel genutzt und in der Regel für jeden Einsatz mit einem Trecker von ihrer Warft zu dem Lorenbahnhof gebracht. Auf dem Festland stand ein Auto für Einkäufe oder sonstige Erledigungen bereit. Emilia konnte sich nicht vorstellen, selbst so zu leben, aber für eine Woche in diese Welt einzutauchen, fand sie überaus spannend und freute sich darauf.

Lächelnd betrachtete sie Piet, der den Wagen konzentriert durch die einsame Landschaft lenkte. Kurz vor Ockholm bog er links ab und fuhr auf der Küstenstraße Richtung Schüttsiel. Einen Moment lang fragte sich Emilia, ob er gleich einen letzten Versuch unternehmen würde, sie zu einer Überfahrt mit der Fähre überreden zu wollen. Eigentlich passte ein derart subtiles Verhalten nicht zu ihrem Mann. Dafür schien er aber ihre Gedanken zu lesen.

„Keine Sorge, das Thema ist für mich abgeschlossen", bemerkte er schmunzelnd und schaute zu ihr rüber. „Ich dachte, du würdest gerne einen ersten Blick auf die Halligen erhaschen. Schau nur, wie das glitzert!"

„Ja, es ist einfach herrlich", entgegnete Emilia. Was hatte sie für ein Glück, diesen Mann an ihrer Seite zu haben! „Wenn Engel reisen, würde ich sagen." Zufrieden und voller Vorfreude auf den Urlaub ließ sie ihren Blick über das Wattenmeer wandern. Die Eilande Gröde, Oland und Langeneß schienen zum Greifen nah. Ein paar Möwen kreischten und gaben dem herrlichen Panorama die entsprechende Geräuschkulisse. Wie sie den Norden liebte! Nie könnte sie sich vorstellen, woanders zu leben. Friedrichstadt war dabei der perfekte Ausgangspunkt, der ihnen eine angenehme Infrastruktur bot und von dem sie schnell zahlreiche Punkte direkt an der Küste erreichten. Zu Emilias Lieblingsorten gehörten der Hafen von Husum und der herrlich breite Strand von St. Peter-Ording.

Aber nun wollte sie erst mal die Einsamkeit der Hallig genießen. Natürlich würden über den Jahreswechsel weitere Urlauber auf die Hallig kommen, aber verglichen mit Sankt Peter-Ording ging es auf dem Eiland mitten im Wattenmeer trotzdem ruhig zu, davon war Emilia überzeugt. Kaum Feuerwerk, kein Verkehrslärm, einfach die Natur genießen. Und nebenbei ein wenig über das Leben auf der Hallig recherchieren, was sie anschließend in einem der nächsten Romane verwenden konnte. Emilia ließ ihre Gedanken durch die grob entworfene Geschichte und die damit verbundenen Fragestellungen wandern. Erst als Piet anhielt, bemerkte sie, dass sie ihr erstes Etappenziel erreicht hatten.

Im gleichen Augenblick kippte ihre Stimmung. Vorbei war es mit der Ruhe und Entspannung. Auf dem kleinen Parkplatz des Lorenbahnhofs von Dagebüll direkt am Leuchtturm wurden sie von blinkenden Blaulichtern mehrerer Einsatzfahrzeuge empfangen. Das Aufgebot der Polizei- und Rettungskräfte ließ auf einen ernsten Vorfall schließen. Hatte sich etwa jemand bei diesen frostigen Temperaturen auf eine Tour durchs Watt gewagt? Vielleicht ohne Führung? Der herrliche Sonnenschein war verlockend und gleichzeitig bedrohlich, weil dadurch die von den Prielen ausgehende Gefahr leicht unterschätzt wurde. Hatte die Nordsee bei dem momentan herrschenden Niedrigwasser einen Leichnam freigegeben?

Emilia hielt nichts mehr auf dem Autositz. Die aufflammende Neugierde und ihr sofort erwachter Ermittlerinstinkt trieben sie in die Kälte. Mit Glück war der junge Kommissar Mats Sommerfeld unter den Beamten. Der erklärte Fan des Schriftstellerduos Emily Anderson würde sie bestimmt gerne in die Geschehnisse einweihen.

„Sie können hier nicht stehenbleiben“, forderte eine bekannte Stimme sie auf. „Parken Sie Ihren Wagen dort hinten, Sie behindern die Arbeit der Polizei.“

Emilia huschte ein Lächeln über die Lippen. Kommissar Volker Grimm schien sich in den letzten Monaten nicht verändert zu haben. Sein barscher Tonfall passte genau zu dem Bild, das sie von ihm im Kopf hatte.

Während Piet seinen Anweisungen folgte, hielt sie selbst nach Grimms Kollegen Ausschau. Wenn der griesgrämige Ermittler zu diesem Schauplatz gerufen worden war, konnte Mats Sommerfeld ebenfalls nicht weit sein. Aber was hatte das zu bedeuten? Warum war die Kriminalpolizei hier vertreten? Handelte es sich vielleicht gar nicht um einen Unfall im Watt, sondern um ein Kapitalverbrechen? Emilia schalt sich selbst. Nicht immer musste es bei einem Polizeieinsatz gleich um Mord und Totschlag gehen. Am besten sie versuchte erst einmal, ein paar Informationen zu ergattern.

„Emily Anderson! Na, das ist ja ein Zufall. Was machen Sie denn hier?“ Die Begeisterung in seiner Stimme ließ ihren spontan entstandenen Plan bestimmt aufgehen.

„Moin, Herr Sommerfeld“, begrüßte sie den jungen Mann. „Eigentlich wollten mein Mann und ich mit der Lore nach Langeneß übersetzen, um dort den Jahreswechsel zu verbringen. Verraten Sie mir, was passiert ist?“

„Das kann ich Ihnen nicht genau sagen, wir sind gerade eingetroffen. In einer der Loren wurde eine leblose Frau entdeckt. Die Polizei hier vor Ort ist durch einen anonymen Anrufer informiert worden und hat den Fundort abgesperrt.“ Mats Sommerfeld wies auf den Bereich hinter dem Parkplatz, auf dem Emilia einige abgestellte Loren erkannte.

„Und wissen Sie, um wen es sich bei der leblosen Frau handelt? Ist sie ... tot?“, fragte Emilia neugierig.

Mats musste unwillkürlich lächeln. „Das steht bei diesem Wetter wohl zu befürchten, aber ich muss mir erst selbst ein Bild machen. Kommen Sie mit oder wollen Sie zu Ihrem Mann zurückkehren?“, fragte er.

Auf diese Aufforderung hatte Emilia nur gewartet. Piet würde sie schon finden. Vermutlich verzögerte sich unter diesen Umständen ihre Abfahrt ohnehin. Wie schrecklich! Bestimmt war die arme Frau tot. Wie lange konnte man bei diesen Temperaturen in so einem Gefährt sitzen, ohne zu erfrieren? Aber welchen Grund konnte es dafür geben? Noch dazu am zweiten Weihnachtstag! Bei näherer Betrachtung war es wahrscheinlicher, dass sie bereits tot in die Lore gesetzt wurde. Ob es sich dabei um einen Mordfall handelte oder sollte hier ein Unfall verschleiert werden?

Emilia wollte keine voreiligen Schlüsse ziehen und folgte dem jungen Kommissar, der sich mit forschen Schritten in Richtung Fundort entfernte. Immerhin war sie durch diese Begegnung am Puls des Geschehens und würde in Kürze mehr erfahren.

Der angrenzende Lorenbahnhof war eigentlich nicht mehr als ein Abstellort für die außergewöhnlichen Fahrzeuge. Auf einer mit Schienen durchzogenen Grasfläche standen etwa zwölf dieser Vehikel – ein paar von ihnen offen, aber etliche waren mit einer Kabine versehen. Einige waren eng beieinander abgestellt worden, als würden sie einen Zug bilden; andere wiederum standen vereinzelt und mit größerem Abstand. Bei der geschlossenen Lore, die dem Leuchtturm am nächsten stand, hielten zwei uniformierte Polizisten Wache. Sie schienen auf das Eintreffen der Kriminalkommissare zu warten.

Würde Mats Sommerfeld sich gleich besinnen und sie hinter das rotweiße Kunststoffband verbannen oder nahm er sie mit zu der Lore, in dem sich die leblose Frau befand? Dafür gab es objektiv gesehen überhaupt keinen Grund, da sie weder zur Polizei gehörte noch über medizinische Kenntnisse verfügte, die hier vermutlich ohnehin nichts mehr genützt hätten.

Im gleichen Moment verließ eine zierliche Frau die Lore und kam zielstrebig auf sie zu.

„Moin, sind Sie die Kommissare aus Husum?"

Mats Sommerfeld nickte.

„Verena Fenske. Ich bin hier in Dagebüll als Ärztin niedergelassen und wurde von der örtlichen Polizei gerufen. Leider konnte ich nur noch das Ableben feststellen. Ob die Frau erfroren ist oder bereits tot in die Lore gesetzt wurde, wird die Obduktion ergeben. Verwunderlich ist jedenfalls, dass sie keine Jacke trägt. Ich muss zurück in meine Praxis, aber wenn sich Fragen ergeben, stehe ich gerne zur Verfügung. Moin!" Sie drückte Emilia eine Karte in die Hand und nickte beiden kurz zu, bevor sie in Richtung Parkplatz verschwand.

Automatisch reichte Emilia die Karte an den Kommissar weiter, während bei ihr das Kopfkino einsetzte. Sie hatte zusammen mit Piet in den letzten Jahren so viele Geschichten erfunden, dass dieser Prozess automatisch startete, wenn sie mit etwas Ungewöhnlichem konfrontiert wurde. Und eine Frau, die am zweiten Weihnachtstag tot an so einem Ort gefunden wurde, regte allemal ihre Fantasie an. Natürlich wollte sie herausfinden, welchen Hintergrund dieser Todesfall hatte.

Gab es eine einfache Erklärung? War die Frau vielleicht obdachlos und hatte in der Lore vor der eisigen Kälte und dem schneidenden Ostwind Schutz gesucht? Da sie nicht einmal eine wärmende Jacke oder einen Mantel getragen hatte, erschien Emilia diese Annahme unwahrscheinlich. Da müsste sie schon betrunken oder auf andere Art nicht ganz zurechnungsfähig gewesen sein.

Handelte es sich doch um Mord? Ausgerechnet am Fest der Liebe? Stand dahinter ein Familiendrama? Ein eskalierter Streit? Aber warum war die Tote ausgerechnet hier abgelegt worden? Immerhin hätte es zu dieser Zeit etliche Tage dauern können, bis sie gefunden wurde, oder? Wer war der anonyme Anrufer und warum hatte er sich nicht mit seinem Namen gemeldet? Handelte es sich dabei vielleicht sogar um den Täter?

„Kommen Sie, ich will den Leichnam selbst in Augenschein nehmen."

Der Kommissar hielt seinen Ausweis hoch, als sie die Polizisten an der Lore erreichten. „Sie gehört zu mir!", äußerte Mats Sommerfeld selbstbewusst. Ohne eine Erwiderung abzuwarten zog er ein paar Latexhandschuhe aus der Tasche und streifte sie über.

Bisher waren weder ein Team von der Spurensicherung noch jemand aus der Gerichtsmedizin eingetroffen. Emilia schaute sich um – und blickte in die eisgrauen Augen von Kommissar Grimm.

„Was machen Sie hier?", schnauzte er sie prompt an.

„Bisher beobachte ich lediglich", antwortete Emilia gelassen, was den Kommissar zum Grunzen brachte.

„Sie wissen genau, was ich meine. Sommerfeld, warum haben Sie diese neugierige Person mitgenommen? Wo kommt sie eigentlich so schnell her?“, wandte er sich an seinen Kollegen.

„Sie stört doch nicht. Eigentlich wollte sie nach Langeneß fahren; aber da sich das wohl verzögert, habe ich sie gebeten, mich zu begleiten. Beim letzten Fall war sie äußerst hilfreich.“ Mats reckte sich, um größer zu erscheinen, obwohl er den älteren Kollegen ohnehin um einen halben Kopf überragte.

„Dumm Tüch!“, echauffierte sich der altgediente Kommissar. „Sie wissen genau, dass die Unterstützung durch einen persönlichen Kontakt mit dem Opfer zustande gekommen ist. Das ist kein Grund, sie erneut in unseren Ermittlungen herumschnüffeln zu lassen.“

„Lassen Sie uns später darüber schnacken und jetzt den Fundort und die vermeintlich Tote untersuchen. Emily Anderson wird sich im Hintergrund halten, das hat sie mir versprochen“, flunkerte Mats Sommerfeld.

Emilia verkniff sich ein Grinsen. An Selbstbewusstsein mangelte es dem jungen Ermittler nicht.

Würde sich ihr Urlaub dadurch in eine Ermittlung verwandeln? Die Krimiautorin war sich allerdings sicher, dass Piet nicht auf ihre gemeinsame Halligauszeit verzichten würde. Mittlerweile hatte er sich mit dem Reiseziel angefreundet und die Untersuchung eines echten Mordfalls war für ihn lange nicht so reizvoll wie für Emilia. Wo war er überhaupt abgeblieben? Bestimmt stand er bei den Schaulustigen und fror vor sich hin, während er sich insgeheim an den Strand einer kanarischen Insel wünschte. Einen Moment überlegte Emilia, ob sie nach ihm Ausschau halten sollte, aber wenn Kommissar Grimm sie nicht hinter die Absperrung verbannte, blieb sie lieber, wo sie war. Ihre Neugierde war geweckt. Bestimmt erfuhr sie etwas, wenn sie einfach geduldig wartete und sich möglichst unauffällig verhielt.

Mats Sommerfeld war inzwischen in die Lore geklettert und untersuchte die Frau. Volker Grimm wandte sich von ihr ab und beugte sich in das Gefährt, um seinen Kollegen im Auge zu behalten. Vermutlich hatte er aufgrund des besonderen Tages einfach keine Lust, sich auf eine Diskussion einzulassen, sondern wollte den Einsatz so schnell wie möglich hinter sich bringen.

„Und was haben wir?", fragte er.

Emilia rückte ein wenig näher heran, um ja kein Wort zu verpassen, auch wenn sie davon ausging, dass der junge Kommissar sie über die gewonnenen Erkenntnisse informieren würde.

„Über ihren Tod sind wir eben schon von der Ärztin informiert worden", antwortete dieser. „Hhm, das war ja kaum anders zu erwarten."

„Gibt es Verletzungen?", fragte Kommissar Grimm.

„Weiß ich nicht. Blut gibt es nicht. Soll ich sie bewegen oder wollen wir auf die Spurensicherung warten?"

„Das kann dauern", brummelte Volker Grimm. „Gucken Sie sich wenigstens den Kopf an. Wenn der unversehrt scheint, überlassen wir das der Gerichtsmedizin."

„Okay."

„Machen Sie einfach ein paar Fotos", schlug der Ältere vor. „Und untersuchen Sie die Taschen der Frau. Wenn sie nicht tot in die Lore gesetzt wurde, ist es nicht nachvollziehbar, warum sie keinen Notruf abgesetzt hat."

Fröstelnd trat Emilia auf der Stelle. Einfach nur zu warten, entsprach nicht ihrer Natur. Nicht, dass sie selbst gerne in die Lore geklettert wäre, um die Tote zu untersuchen, so weit ging ihre Leidenschaft für echte Kriminalfälle dann doch nicht. Aber untätig herumstehen – noch dazu bei dieser eisigen Kälte – war anstrengend.

Sollte sie nach ihrem Lorenfahrer Ausschau halten und diesen Fall vergessen? Wenn sie nach Langeneß aufbrachen, waren sie sowieso zu weit entfernt, um etwas beitragen zu können. Emilia war einen Moment lang hin- und hergerissen, aber dann siegte ihre Neugier. Noch war niemand zu sehen, der sie abholen wollte und näher kam sie an die Loren nicht heran.

Mats Sommerfeld schien seine Untersuchung abgeschlossen zu haben. Kommissar Grimm trat einen Schritt zurück und ließ den Kollegen aussteigen.

„Und?“, fragte er ungeduldig.

„Gut möglich, dass sie einen Schlag auf den Hinterkopf bekommen hat, aber genau kann ich es nicht sagen. Auf jeden Fall wirkt sie für eine Obdachlose zu gepflegt. Ihre Taschen sind leer. Nichts, was auf ihre Identität hindeutet.“ Mats schien enttäuscht. „Das wird unsere erste Aufgabe sein: Herausfinden, mit wem wir es überhaupt zu tun haben.“

Mats in Dagebüll

Montag den 26. Dezember

Na, super! Und das zu Weihnachten. Da erreichen wir keine Seele!“, moserte Grimm sofort los.

Mats war davon überzeugt, dass es dem älteren Kollegen in erster Linie gegen den Strich ging, selbst arbeiten zu müssen. „Wenn Sie heute familiäre Verpflichtungen haben, kann ich übernehmen. Computerabfragen und sowas kann ich genauso alleine durchführen. Wenn Sie morgen wieder mit an Bord sind, ist das für mich okay“, versuchte er Grimm zu beschwichtigen.

„Ernsthaft?", fragte dieser verunsichert. „Das würden Sie für mich machen?"

„Betrachten Sie es als Weihnachtsgeschenk. Auf mich wartet heute keiner und ich werde damit fertig. Ich habe ein Foto von ihr. Das werde ich durchs System laufen lassen. Wenn sie in Deutschland gemeldet ist, müsste es eigentlich etwas ausspucken. Außerdem werde ich mir die hier geparkten Autos etwas näher anschauen. Kann immerhin sein, dass eins davon der Toten gehört. Irgendwie muss sie ja hergekommen sein", erklärte Mats seine ersten Schritte.

Grimm schien skeptisch. „Sie glauben, dass das Opfer eine Verabredung mit ihrem Mörder hatte?"

„Ich weiß, es klingt nach Stochern im Nebel. Genau genommen ist es das wohl auch. Aber irgendwo muss ich ja anfangen. Wollen Sie doch lieber dabeibleiben und die Führung übernehmen?", fragte Mats verschmitzt.

Das brachte den älteren Kollegen tatsächlich zum Lachen. „Der Punkt geht an Sie", gab er freimütig zu. „Nein, tatsächlich habe ich meiner Familie versprochen, dieses Weihnachten nicht zu arbeiten. Insofern freue ich mich sehr über Ihr Angebot. Ich kann mir allerdings gut vorstellen, dass es sich hier nicht um den Tatort handelt. Hier war in den letzten beiden Tagen bestimmt nicht viel los ..."

„Was die Nächte angeht, stimme ich Ihnen zu, aber am gestrigen Weihnachtstag hat es bestimmt viele Spaziergänger auf den Deich gezogen. Diese Loren sind etwas Besonderes. Da hat der eine oder andere bestimmt mal einen neugierigen Blick riskiert."

„Sie meinen, die Tote liegt hier noch nicht sehr lange, sonst wäre sie bereits früher entdeckt worden", überlegte Grimm laut.

„So ist es. Ich gehe jede Wette ein, dass sich das Verbrechen in der letzten Nacht ereignet hat“, stimmte Mats zu. „Aufgrund des fehlenden Mantels und der Handtasche könnte es sich genauso um einen Raubmord handeln.“

„Aber was wollte die Frau hier am Weihnachtstag?“

„Zum Beispiel einen Spaziergang machen, so wie andere auch“, schlug Mats vor.

„Vielleicht sollte sie mit einer Lore abgeholt werden“, schaltete sich Emily Anderson in die Überlegungen ein.

„Davon ausgegangen wäre sie doch längst als vermisst gemeldet worden. Nein, das glaube ich nicht. Dann hat sie eher zu den Spaziergängern gehört. Vielleicht war sie sehr spät unterwegs, als es bereits dunkel war, wurde überfallen und in die Lore gesetzt“, widersprach Mats.

„Aber warum wurde ihr der Mantel oder die Jacke gestohlen? Das ergibt irgendwie keinen Sinn.“ Grimm schien sowohl die Kälte als auch die Familienfeier vergessen zu haben.

Mats freute sich insgeheim, dass der Kollege es nicht eilig hatte, sondern diese Analyse des Tathergangs mit ihm durchführte. „Da gebe ich Ihnen recht. Das müssen wir herausfinden.“

„Trägt die Tote Schmuck?“, wechselte Grimm das Thema.

„Darauf habe ich nicht geachtet“, antwortete Mats. „Soll ich nachschauen?“ Ohne eine Antwort abzuwarten, kletterte er wieder in die Lore. „Nur einen schmalen Goldring, der sehr stramm zu sitzen scheint. Ich möchte nur ungern ausprobieren, ob ich ihn abstreifen kann“, gab er zu.

„Darum kann sich die Gerichtsmedizin kümmern“, zeigte sich Grimm großzügig. „Also gut: Einen Raubmord können wir nicht ausschließen. In diesem Fall steht vielleicht tatsächlich das Auto der Toten auf dem Parkplatz dort drüben. Genauso gut kann es sich um ein weihnachtliches Familiendrama handeln – mit allen möglichen Facetten, die dabei denkbar sind. In diesem Fall haben wir es lediglich mit dem Fundort zu tun. Das Opfer trug zum Zeitpunkt des Todes keine Jacke und der Täter sah keine Veranlassung daran etwas zu ändern."

„Das klingt logisch", nickte Mats.

„Ja, das finde ich auch. Denkbar, dass die Frau hier in Dagebüll oder ganz in der Nähe wohnt. Darauf würde ich mich zu Beginn der Ermittlung konzentrieren."

„Oder sie war zumindest bei Freunden oder Verwandten hier im Umkreis zu Besuch", gab Mats zu bedenken.

„Oder so. Ich glaube, für den heutigen Tag haben Sie genug zu tun. Zeigen Sie, was Sie können. Morgen bin ich wieder an Ihrer Seite."

„Geht klar. Ich werde alles daran setzen bis morgen die Identität der Frau festzustellen. Sobald wir wissen, wer sie ist, können wir ihr Leben aufrollen und bestimmt den Täter finden."

„Sie sind ja optimistisch. Ich bin gespannt, was Sie mir morgen präsentieren." Sein Blick fiel auf Emily Anderson, die nach wie vor neben ihnen stand und von einem Bein auf das andere trat, um wenigstens ein bisschen in Bewegung zu bleiben. „Und ziehen Sie nach Möglichkeit keine Zivilisten in die Ermittlung. Ach, Sie machen ja ohnehin, was Sie wollen. Da kommen gerade die Kollegen von der Spurensicherung. Setzen Sie sie bitte ins Bild. Ich bin dann mal weg."

„Frohe Weihnachten", bemerkte Mats trocken.

„Ja, wat mutt, dat mutt. Bis morgen und frohes Schaffen!“ Grimm nickte und entfernte sich anschließend schnellen Schrittes, bevor er in ein weiteres Gespräch verwickelt werden konnte.

„Ich gucke am besten mal nach meinem Mann“, erklärte Emily Anderson. „Unsere Lore scheint bislang nicht eingetroffen zu sein, aber wir müssen ja noch unser Gepäck holen. Viel Erfolg bei der Aufklärung. Wenn Sie Unterstützung brauchen, melden Sie sich“, lächelte sie und folgte Grimm in Richtung Parkplatz. Hinter der Absperrung standen trotz der frostigen Temperaturen etliche Neugierige.

Mats war erstaunt über den schnellen Abgang der Schriftstellerin. Er hatte eher damit gerechnet, dass sie ihn um das Foto der Toten bitten würde – jetzt, wo Grimm außer Hörweite war. War ihr Interesse an dem letzten Fall nur der persönlichen Betroffenheit geschuldet? Er war davon ausgegangen, sie würde sich wieder in die Ermittlung einbringen wollen. Allerdings stand ihr Urlaub auf der Hallig Langeneß unmittelbar bevor, den sie natürlich nicht absagen wollte.

Trotzdem spürte er leichte Enttäuschung. Nun stand er tatsächlich alleine da. Die erneute Zusammenarbeit mit seiner Lieblingsautorin wäre interessant gewesen. Und bestimmt hätte sie wertvolle Denkanstöße beitragen können.

Während die Spurensicherung ihre Arbeit in der engen Lore erledigte, warf Mats einen Blick zum Parkplatz. Eigentlich machte es keinen Sinn, hier zu stehen und zu warten. Die meisten Ergebnisse würden aufgrund des Feiertags ohnehin erst in zwei, drei Tagen vorliegen – wenn überhaupt. Vielleicht verzögerte sich auch alles bis ins neue Jahr. Zwischen Weihnachten und Neujahr gab es in den meisten Abteilungen lediglich Notbesetzungen. Das würde ihnen in der kommenden Woche Geduld abverlangen.

„Ich gehe eben mal zum Parkplatz. Klingelt kurz durch, wenn Ihr irgendwelche Spuren findet“, bat Mats die beiden Spurensucher, was diese bestätigten.

Als er das Eintreffen der Presse bemerkte, wäre er am liebsten wieder umgekehrt. Wie hatten die so schnell Wind von der Sache bekommen? Kurz überlegte er, was er ihnen preisgeben wollte – viel wusste er ohnehin selbst noch nicht – schließlich machte er sich gerade und schritt direkt auf sie zu.

„Kommissar Sommerfeld! Moin, Hugo Svensson von den Dagebüller Nachrichten. Was können Sie mir über den Leichenfund berichten?“

Immerhin handelte es sich lediglich um die Lokalpresse. Hatte es sich tatsächlich schon herumgesprochen, dass eine tote Frau gefunden worden war oder mutmaßte der Journalist? Mats guckte ihm prüfend direkt in die Augen. Und woher hatte der überhaupt seinen Namen?

Mats wog seine Optionen ab. Sollte er dem Mann berichten, was er wusste? Würde die Vorgehensweise die Identifikation der Toten beschleunigen? Das wäre allerdings nur dann möglich, wenn er eins seiner Fotos an die Presse übergab – und die waren absolut kein schöner Anblick. Obwohl die Frau in einer geschlossenen Lore gesessen hatte, war ihr Gesicht komplett vereist. Die Augen waren aufgerissen, es lag ein Ausdruck des Erschreckens darin. Solche Bilder waren nicht für die Zeitung geeignet, nicht zu Weihnachten und überhaupt. Sicherlich würde es ihm ohne diesen Pressefuzzi gelingen, herauszubekommen, um wen es sich bei dem Leichnam handelte. Trotzdem hätte er in dieser Situation gerne den Kollegen Grimm an seiner Seite gewusst. Mit dem Umgang mit den Medien hatte er selbst bisher wenig Erfahrung und natürlich wollte er nichts vermasseln.

„Bei der Toten handelt es sich um eine nicht identifizierte Frau. Wir sind zu diesem Zeitpunkt nicht sicher, ob es sich um ein Kapitalverbrechen handelt", log er, um den Sachverhalt abzuschwächen. „Die Ermittlungen werden gerade aufgenommen. Sobald wir über entsprechende Erkenntnisse verfügen, informieren wir die Presse. Bitte lassen Sie mich jetzt meine Arbeit machen." Das klang nicht sehr autoritär, aber nun konnte Mats die Worte nicht mehr zurücknehmen.

„Eine Frauenleiche?", setzte Svensson sofort nach. „In welchem Alter?"

Eigentlich war es klar gewesen, dass Mats ihn so einfach nicht wieder loswerden würde. Mist! Wie konnte er sich den Journalisten vom Hals schaffen?

„Wir stehen ganz am Anfang unserer Ermittlungen", wiederholte er, weil ihm nichts Besseres einfiel. „Je eher Sie mich meine Arbeit machen lassen, desto früher erfahren Sie etwas Neues von mir." Mats starrte den Reporter durchdringend an und hoffte, mit dieser Taktik Erfolg zu haben, auch wenn er den Schachzug selbst nicht gerade genial fand.

„Okay." Überraschenderweise zog sich Svensson zurück.

Mats atmete einmal tief durch und ließ seinen Blick über den Parkplatz schweifen. Er schien bis auf den letzten Platz vollgestellt zu sein. Die Autos sollte er als Nächstes überprüfen, um möglichst den Stand des Morgens festzuhalten. Kurz hielt er nach der Schriftstellerin und ihrem

Mann Ausschau, konnte sie aber nirgends entdecken. Vielleicht war ihre Lore mittlerweile eingetroffen.

Mats konzentrierte sich auf seine Arbeit. Er wollte Grimm am nächsten Tag bereits erste Ergebnisse präsentieren. Gewissenhaft machte er von jedem Fahrzeug samt Kennzeichen ein Foto, ohne von den Erfolgsaussichten der Aktion überzeugt zu sein. Er warf einen Blick in die Innenräume, um nach der vermissten Jacke beziehungsweise dem Mantel zu fahnden. Nicht sehr wahrscheinlich, aber immerhin möglich. Seine Überprüfung aller Autos, ob diese verschlossen waren, wurde von einem Passanten argwöhnisch beäugt. Er hielt kurz seinen Ausweis in die Höhe, den dieser auf die Entfernung bestimmt nicht erkennen konnte und machte einfach weiter. Leichter Frust machte sich bemerkbar. Irgendwie schien das zu nichts zu führen, aber er zog es trotzdem durch. Als er mit den Fahrzeugen fertig war, ging er zurück zur Lore. Die Spurensicherung hatte ihre Arbeit abgeschlossen, vertröstete ihn aber wie erwartet auf den Bericht in ein paar Tagen. Einige Fingerabdrücke konnten gesichert werden. Ob die allerdings mit dem Tod der Frau in Verbindung standen, musste sich erst zeigen.

„Moin! Die Tote befindet sich in diesem Vehikel?“, begrüßte ihn eine unbekannte Stimme. Sie gehörte einem Mitarbeiter der Gerichtsmedizin, den Mats bisher noch nie gesehen hatte.

„Ja, moin! Mats Sommerfeld!“, stellte er sich vor. „Neu bei der Truppe?“

„So isses. Jan Feddersen“, nickte dieser. Er war groß, breitschultrig und trug ein interessantes Tattoo am Hinterkopf. Ansonsten war sein Schädel kahl. „Na, dann wollen wir mal. Ist ja eine schöne Bescherung." Er zwängte sich in die Lore.

Mats steckte seinen Kopf in die Öffnung.

„Können Sie vielleicht etwas über den Todeszeitpunkt sagen?", fragte er hoffnungsfroh, obwohl er mit der ablehnenden Standardantwort rechnete, die prompt folgte.

„Also, wir können uns gerne duzen", schlug Jan vor, was Mats nickend bestätigte. „Bei diesen Außentemperaturen ist so eine Aussage nahezu unmöglich. Ich kann ja nicht einmal sagen, ob es sich um Leichenstarre handelt oder die Frau bereits tiefgefroren ist."

Bei Mats schaltete sich das Kopfkino ein.

„Nee, da könnte ich richtig danebenliegen. Die muss erst auf unseren Tisch, in ein paar Tagen wissen wir mehr – wenn sie wieder aufgetaut ist", fügte er grinsend hinzu.

Rechtsmedizinerhumor! Mats überging die Bemerkung. Dass die Informationen in diesem Fall nur schleppend eintreffen würden, hatte er gleich befürchtet.

„Ich brauche den Obduktionsbericht so schnell wie möglich", erklärte er trotzdem mit Nachdruck.

„Klar! Wie immer. Wir werden unser Bestes geben", antwortete Jan gelassen.

Mats nickte. Er würde im Anschluss zum Revier nach Husum fahren und sich dort an den Computer setzen. Eigentlich musste die Tote im System zu finden sein. Wenn er erst ihren Namen wusste, konnte die Ermittlung richtig starten.

Emilia auf Langeneß

Montag, den 26. Dezember

Emilia war in Versuchung gewesen, den jungen Mats Sommerfeld nach einem Foto der Toten zu fragen. Insbesondere nachdem Kommissar Grimm den Fundort verlassen hatte, schienen die Chancen gar nicht so schlecht zu stehen, dass er es ihr aufs Handy schickte. Aber wollte sie sich an Weihnachten das Gesicht einer vereisten Leiche anschauen? Wenn die arme Frau wirklich ermordet worden war, sah sie darüber hinaus sicherlich nicht friedlich aus.

Nach kurzem innerem Kampf gegen ihre Neugierde entschied sich die Schriftstellerin dagegen. Was sollte es ihr bringen? Dieses Verbrechen hatte seinen Ursprung hier auf dem Festland und sie war trotz des bestimmt interessanten Kriminalfalls wild entschlossen, in Kürze ihr Lorentaxi zu besteigen und auf die Hallig zu fahren. Der letzte Urlaub mit Piet war bereits eine Weile her. Emilia hatte sich außerdem in einigen Diskussionen mit ihrem Reiseziel durchgesetzt. Nun wollte sie diesen Urlaub auch antreten! Aus diesem Grund entschied sie sich, endlich zu Piet zurückzukehren. Vielleicht wartete ihr Fahrer ebenfalls bereits auf sie, obwohl in der Zeit, die sie am Fundort verbracht hatte, keins der Vehikel neu eingetroffen war. Möglicherweise war er aber längst da!

„Na, konntest du dich endlich vom Ort des Geschehens losreißen?“, fragte ihr Mann verschmitzt, als sie hinter die Absperrung trat.

„Ja, entschuldige, dass ich dich die ganze Zeit warten ließ.“ Emilia tat zerknirscht.

„Schon gut. Was mich im Moment viel mehr interessiert: Willst du nach wie vor auf die Hallig oder suchen wir uns ein anderes Quartier hier in Dagebüll, damit du dich an der Ermittlung beteiligen kannst? Es handelt sich doch um ein Kapitalverbrechen, oder?“, fragte er nun ebenfalls neugierig.

„So scheint es zumindest. Und nein! Ich möchte wie geplant unseren Urlaub antreten“, antwortete sie bestimmt. „Wir haben uns die Pause verdient.“

Piet zog die rechte Augenbraue hoch, so wie er es in letzter Zeit immer machte, wenn sie anders als erwartet reagierte. „Im Ernst? Du willst die Aufklärung des Mordes der Polizei überlassen?“

„Hhm, das kriegen die schon hin“, ließ Emilia sich auf das Geplänkel ein.

Piet grinste, was sie ignorierte.

„Mal was anderes: Hast du unseren Lorenfahrer entdeckt? Eigentlich müsste er mittlerweile auf uns warten."

„Dann lass uns gucken, ob wir ihn finden." Übermütig hakte Piet seine Frau unter und zog sie über den Parkplatz. Er schien sich zu freuen, dass sie ihre Pläne nicht aufgrund dieses Todesfalles über den Haufen warf.

In einiger Entfernung stand ein Mann geduldig wartend am Rand der Menge. Vor seiner Brust hielt er ein Schild, auf dem Emily Anderson geschrieben stand.

„Da ist er ja", rief Emilia. Ein Gefühl der Vorfreude prickelte durch ihren Körper. Sie schob den letzten Gedanken an den Kriminalfall beiseite und eilte auf ihren Abholer zu.

„Wir sind Emilia und Piet Anderson!", rief sie ihm entgegen. „Moin! Ich hoffe, Sie mussten nicht zu lange auf uns warten." Nun regte sich ihr schlechtes Gewissen, so viel Zeit am Fundort der Toten vertrödelt zu haben.

„Moin! Jetzt sind Sie ja da", antworte der Nordfriese pragmatisch. „Nils Jansen. Wo haben Sie Ihr Gepäck?"

„Unser Wagen steht dort hinten", antwortete Piet und wies auf den hinteren Teil des Parkplatzes.

„Na, dann wollen wir mal." Nils Jansen brachte so leicht nichts aus der Ruhe. Außerdem schien er zu den typisch Wortkargen des Landstrichs zu gehören. Das Aufgebot der Einsatzfahrzeuge entlockte ihm jedenfalls keinen Kommentar.

Endlich war es soweit: Nils Jansen verstaute ihr Gepäck und half ihnen schließlich, in die Lore zu klettern. Da auch an diesem Tag wieder ein eisiger Ostwind über das platte Land pustete, war Emilia nun doch froh, dass es sich um eine geschlossene Kabine handelte.

„Ist das Ihr erster Ausflug auf eine Hallig?“, fragte ihr Chauffeur, als sie die weite Kurve über den Deich passiert hatten und Richtung Nordsee fuhren. Emilia war von dem herrlichen Blick auf den Leuchtturm fasziniert, der in der Sonne glänzte.

„Wir waren mal einen Tag auf Hooge“, antwortete Piet. „Allerdings war das im Sommer.“

„Richtig lernen Sie das Leben auf der Hallig nur kennen, wenn Sie etwas länger bleiben“, bemerkte Nils Jansen. „Haben Sie keine Angst vor einem Landunter?“

„Meine Frau hofft sogar darauf, aber wie es aussieht, wird es in der kommenden Woche wohl keinen Sturm geben.“

Nils Jansen nickte bestätigend. „Das Wetter kann sich hier draußen schnell ändern, trotzdem wird es über den Jahreswechsel vermutlich ruhig bleiben.“

„Der Motor ist ja so leise“, bemerkte Emilia. Sie hatte mit einem ordentlichen Getöse gerechnet.

Sofort zeigt sich ein Lächeln auf den Lippen ihres Fahrers: „Ist meine neueste Errungenschaft. Ein E-Motor!“ Der Stolz in seiner Stimme war nicht zu überhören. „Dadurch hören Sie jetzt die Geräusche der Umgebung und nicht nur das Lärmen des Motors.“

„Das ist einfach großartig.“ Durch den Windschutz war es längst nicht so kalt, wie Emilia insgeheim befürchtet hatte, denn die Sonne wärmte sie hinter den Scheiben. Fasziniert blickte sie über das Wattenmeer und konnte sich gar nicht sattsehen. Allein dieser Lorendamm, der das Festland mit den beiden Halligen Oland und Langeneß verband, war etwas Einmaliges und sie freute sich, dass ihr Wunsch nach so einer Fahrt heute in Erfüllung ging.

Als sie schließlich auf Langeneß eintrafen, schien die Zeit geradezu verflogen zu sein. Der Lorenbahnhof war dem in Dagebüll sehr ähnlich, aber natürlich fehlte der schützende Deich.

„Ich bringe Sie zu Ihrer Ferienwohnung. Meine Frau wird schon ungeduldig auf uns warten. Die Lore kann heute hier stehenbleiben“, informierte Nils Jansen seine Passagiere und lud ihr Gepäck auf einen Trecker um. Schließlich half er Emilia und Piet, auf den riesigen Hinterrädern Platz zu nehmen, wodurch ihnen ein großartiger Blick über das flache Eiland geboten wurde. Auf der kurzen Fahrt zu der nahegelegenen Warft, auf der sich eine kleine Ansammlung von Häusern befand, wurden sie ordentlich durchgeschüttelt, aber Emilia genoss trotzdem jeden Augenblick der außergewöhnlichen Tour.

„Na, endlich!“, wurden sie von ihrer Gastgeberin begrüßt, als sie vor ihrer Ferienwohnung wieder von dem Vehikel geklettert waren. „Ist was passiert? Ihr seid fast eine Stunde über die Zeit“, wollte sie von ihrem Mann wissen.

„Willst du nicht erst mal unsere Gäste begrüßen, Doris?“, lächelte Nils Jansen nachsichtig. „Ich trage das Gepäck rein, danach können wir bei einem starken Tee darüber schnacken. Es gab wohl einen Mord in Dagebüll.“

Doris Jansen riss die Augen auf. „Einen Mord?“

„Hhm, etwas Genaues habe ich nicht mitbekommen, nur dass es sich um eine Frau handeln soll. Wollen Sie erst mal die Wohnung sehen?“, übernahm er kurzerhand die Rolle seiner Frau.

„Bitte entschuldigen Sie meine Unhöflichkeit, aber ich habe mir bereits Sorgen gemacht. Wie üblich hat Nils mal wieder sein Handy hier vergessen, so dass ich ihn nicht erreichen konnte. Also noch einmal auf Anfang: Ich bin Doris und ich heiße Sie herzlich auf der Hallig Langeneß willkommen. Ein Mord, das ist ja unglaublich!", murmelte sie. „Kommen Sie mit, ich zeige Ihnen Ihr Domizil und dann koche ich uns einen kräftigen Tee. Mögen Sie Tee?"

„Ja, gerne!", antwortete Emilia. Sie konnte gut verstehen, dass die Neuigkeit ihre Gastgeberin aus dem Konzept brachte. Sie selbst war ebenfalls geschockt gewesen, als sie im letzten September zum ersten Mal in einen echten Mordfall hineingezogen wurde. Und auf so einer Hallig war das Leben wesentlich gemütlicher. Gab es hier überhaupt Kriminalität? Emilia konnte sich kaum vorstellen, an so einem friedlichen Ort mit Mord und Totschlag konfrontiert zu werden.

Doris Jansen führte sie durch die Dachwohnung, die hell und im modernen Landhausstil eingerichtet war. Ein Ort, an dem man sich für eine Woche wohlfühlen konnte.

„Also, bestimmt wollen Sie sich ein bisschen frisch machen. Kommen Sie danach gerne nach unten in unsere Küche. Ich habe eine kleine Stärkung vorbereitet, um Sie willkommen zu heißen. Es gibt also etwas mehr als nur eine Tasse Tee", lächelte sie und zog sich vorerst zurück.

„Sympathische Frau", kommentierte Piet. „Bei der Auswahl dieser Wohnung hast du ein glückliches Händchen bewiesen. Tatsächlich kann ich schon wieder etwas essen. Außerdem bin ich neugierig auf deine Informationen zu der toten Frau in Dagebüll, auch wenn du in diesem Mordfall nicht ermitteln wirst. Vielleicht können unsere Gastgeber etwas Wissenswertes zu der Lore beisteuern. Immerhin müssten sich ihre Eigentümer ja gerade auf dem Festland aufhalten, wenn sich das Gefährt in Dagebüll befindet."

„Hhm, dann haben sie vielleicht Verwandte besucht, das ist zu Weihnachten nichts Ungewöhnliches. Ich glaube kaum, dass es da einen Zusammenhang gibt. Die Lore stand verlassen an dem Bahnhof und jemand hat sie genutzt, um die Tote zu beseitigen." Emilia zuckte mit den Schultern.

„Ja, möglich", bestätigte Piet. „Willst du zuerst ins Bad?"

Als sie kurz darauf die Küche ihrer Gastgeber betraten, wurden sie von der heimeligen Atmosphäre einer ursprünglichen Friesenküche und wohliger Wärme empfangen, die einem wuchtigen Kachelofen entsprang. Emilia fühlte sich gleich wie zu Hause.

„Oh, wie wunderbar!", rief sie. „Sie haben es ja herrlich hier."

„Freut mich, dass es Ihnen gefällt. Setzen Sie sich." Doris Jansen strahlte eine mütterliche Fürsorge aus.

Emilia schätzte sie auf circa fünfzig. Sie hatte rosige Wangen, einen langen geflochtenen Zopf und eine leicht rundliche Figur. Nach den Speisen zu urteilen, die auf dem Tisch standen, hatte sie Freude, in der Küche zu arbeiten und Gäste zu bewirten. Wenn es so gut schmeckte, wie es aussah und duftete, war sie eine ausgezeichnete Köchin. Emilia konnte sich nicht erinnern, jemals so in den Urlaub in einer Ferienwohnung gestartet zu sein.

„Nehmen Sie sich, bevor alles kalt wird", forderte sie ihre Gäste auf. „Am liebsten würde ich das meinen Urlaubern als täglichen Service anbieten, das schaffe ich aber leider nicht. Genießen Sie es also, ab morgen müssen Sie sich selbst versorgen", erklärte sie mit einem Augenzwinkern. „Ich hoffe, es schmeckt Ihnen."

„Vielen Dank, es ist einfach großartig."

„Wir haben noch nie echte Krimiautoren zu Gast auf unserer Warft gehabt. Das finde ich unglaublich spannend. Sie müssen uns unbedingt von Ihrer Arbeit berichten. Schreiben Sie lediglich über fiktive Fälle oder sind Sie auch in echte Kriminalfälle involviert?“

Nils Jansen schüttelte fast unmerklich mit dem Kopf. Emilia vermutete, dass er befürchtete, seine Frau würde diese Fragen als Überleitung zu der Toten von Dagebüll nutzen. Offensichtlich wollte er beim Essen nicht darüber sprechen.

„In der Regel denken wir uns die Geschichten aus“, antwortete Emilia. „Natürlich werden wir von dem, was wir lesen, hören und sehen in der Wahl unserer Themen beeinflusst. Die Fälle entwickeln wir gemeinsam. Piet übernimmt einen Großteil der Recherche und ich schreibe meistens. Aber wir können jederzeit die Rollen tauschen.“

„Außer, wenn es um die Zahlen, Verträge und das Marketing geht. Dafür fehlt Emilia der Sinn. Das überlässt sie gerne mir“, ergänzte Piet, der den Blick ihres Gastgebers ebenfalls aufgefangen hatte.

Eine Weile herrschte zufriedenes Schweigen, während alle sich über das Mittagessen hermachten.

Als Doris Jansen schließlich den Tee servierte, konnte sie ihre Neugierde nicht weiter zähmen: „So! Weihnachten hin oder her, nun erzählen Sie mal: Haben Sie etwas mitbekommen, was in Dagebüll passiert ist? Wie ich meinen Nils hier kenne, wird er ohnehin nur wieder karge Informationen zu bieten haben.“

„Ich fürchte, viel mehr als das haben wir ebenfalls nicht mitbekommen“, musste Emilia zugeben und berichtete, was sie wusste.

„Sie waren direkt bei der Lore? Konnten Sie einen Blick auf die tote Frau werfen?“, fragte Doris mit einem Anflug von Sensationsgier.

„Nein, was hätte das genutzt? Da wir aus Friedrichstadt kommen, ist es äußerst unwahrscheinlich, sie zu kennen.“

Doris nickte. „Haben Sie auf die Nummer der Lore geachtet? Darüber kann man sie identifizieren.“

Spontan wallte Ärger über sich selbst in Emilia auf. Natürlich! Sie hatte bei ihrer Recherche über die Nummerierungen der individuellen Gefährte gelesen, aber darauf überhaupt nicht geachtet.

„Oder haben Sie sie fotografiert? Die Lore, meine ich“, hakte Doris nach.

Auch auf diese Idee war sie nicht gekommen.

„Du warst wohl schon zu sehr im Urlaubsmodus“, stichelte Piet, der offenbar ihre Gedanken lesen konnte.

Sie warf ihm einen warnenden Blick zu, auch wenn sie ganz genau wusste, wie er es meinte. „Hhm, da hat mein Mann wohl recht. Ich habe weder ein Foto von der Lore, noch von der toten Frau.“

„Es handelt sich um die Jakobs-Lore“, schaltete sich Nils Jansen in das Gespräch ein.

„Die Jakobs-Lore?“, fragte Doris ungläubig. „Bist du sicher?“

„Natürlich bin ich sicher. Ich kenne schließlich die Lore unserer Nachbarn!“

„Aber Elke und Enno sind hier auf der Hallig. Wie kann ihre Lore dann auf dem Festland sein?“ Doris ließ ihren Teepott sinken und guckte fragend in die Runde.

„Das kann ich dir nicht sagen. Es wird dafür eine Erklärung geben, aber es ist definitiv Ennos Lore.“

Emilia fragte sich unwillkürlich, warum Nils so darauf beharrte, aber dafür musste sie ihr Gastgeberehepaar wohl erst besser kennenlernen. „Was meinen Sie mit Nachbarn? Leben Elke und Enno Jakobs hier auf der gleichen Warft?"

„Ja", nickte Nils. „Unsere Häuser stehen mit einem größeren Abstand, was eher ungewöhnlich ist. Es gab damals ein weiteres Haus dazwischen. Das wurde in den Sechzigern abgerissen und nie wieder aufgebaut. Enno betreibt eine Landwirtschaft mit Rindern und beackert ein paar Hektar Land. Der hat immer gut zu tun."

„Und seine Frau? Unterstützt sie ihn oder macht sie etwas anderes?", wollte Emilia wissen. Ihre Neugierde auf den Fall war neu geweckt.

Doris und Nils tauschten einen Blick.

„Na ja. Elke ist eigen. Mit Arbeit hat sie es nicht so sehr. Im Grunde genügt es ihr, wenn ihr Mann fleißig ist und sich um das Einkommen für die Familie kümmert", gab Doris zögerlich preis.

„Für die Familie? Sie haben also Kinder?", hakte Emilia nach.

„Ja, sie haben einen Sohn. Der ist allerdings vor etlichen Jahren aufs Festland gezogen, um zu studieren. Enno hat die Hoffnung nicht aufgegeben, dass er eines Tages zurückkehrt und den Hof übernimmt, aber der hat sich längst anders orientiert."

„Ist das nicht eher ungewöhnlich?", fragte Piet.

„Nicht jeder, der auf der Hallig aufgewachsen ist, liebt dieses einsame Leben hier", gab Nils lapidar zur Antwort und warf seiner Frau einen eindringlichen Blick zu. „Dabei sollten wir es belassen."

Aber Doris war noch nicht fertig und hatte kein Problem, die Neuankömmlinge in die Angelegenheiten der Nachbarschaft einzuweihen: „Elke hat ihn mit ihrer ewigen Unzufriedenheit von der Hallig vertrieben. Timo wollte den Hof übernehmen, das hatte er früh entschieden. Aber die Aussicht mit seiner nörgelnden Mutter ein Leben lang in dieser Enge gefangen zu sein, hat ihn schließlich umgestimmt."

„Das interessiert unsere Gäste bestimmt nicht", murmelte Nils und erhob sich vom Tisch. „Bitte nehmen Sie es mir nicht übel, aber ich habe eine Menge zu tun. Genießen Sie den Aufenthalt bei uns und lassen Sie sich nicht zu viele Geschichten von meiner Doris erzählen. Vielleicht solltest du die mal aufschreiben, meine Liebe", neckte er sie mit einem wohlwollenden Lächeln. „Wenn Sie etwas brauchen, melden Sie sich einfach bei uns."

„Nils ist kein Fan von Klatsch und Tratsch", erklärte Doris überflüssigerweise. „Aber manchmal sind die Tage hier ganz schön lang – insbesondere im Winter. Irgendwie muss man sich ja die Zeit vertreiben." Doris zwinkerte ihren Gästen erneut zu. „So, habe ich Sie satt bekommen oder wollen Sie einen Nachtisch?"

„Nein, vielen Dank! Es war köstlich und wirklich reichlich!", lehnte Emilia dankend ab. Ihre Gedanken kreisten nach wie vor um die Lore. „Sind Sie sicher, dass Ihre Nachbarn nicht mit der Lore zum Festland gefahren sind?"

„Ja. Ich habe beide heute Morgen gesehen, wie sie zusammen in Richtung Kirche gegangen sind. Ob sie wirklich den Gottesdienst besucht haben oder lediglich einen Spaziergang gemacht haben, entzieht sich meiner Kenntnis."

„Sie führen also trotz der Differenzen mit dem Sohn eine harmonische Ehe?"

„Nein, eher nicht. Sie raufen sich eben zusammen. Ich glaube, wenn Elke könnte, würde sie Enno und die Hallig lieber heute als morgen verlassen. Aber wovon sollte sie dann leben? Enno würde nie etwas von seinem Land verkaufen, um sie auszuzahlen. Nie!“, bekräftigte Doris.

Emilia fühlte sich unangenehm berührt, bereits so kurz nach ihrer Ankunft mit derart unschönen Details der Halligbewohner konfrontiert zu werden. Von Doris konnte man scheinbar viel erfahren; sie sollte sich in Acht nehmen, was sie selbst ihr erzählte.

„Wir wollen Ihre Gastfreundschaft nicht über Gebühr in Anspruch nehmen. Ich habe nur eine letzte Frage: Kommt es vor, dass die Halliglüüd ihre Loren verleihen? An Nachbarn oder gute Freunde?“

„Nein, das kommt kaum vor. Die Loren sind unsere Verkehrsmittel. Wir brauchen sie, um einzukaufen, zum Arzt zu fahren oder Besuche auf dem Festland zu unternehmen. Jede Familie hat ihre eigene Lore, so wie Sie Ihr Auto nutzen. Verleihen Sie es oft?“

„Nein, eher nicht“, sinnierte Emilia. „Aber wenn die Lore am Bahnhof stand, hätte jeder sie theoretisch nutzen können, oder?“

„Na ja, abgeschlossen werden hier nicht einmal die Haustüren. Ja, Sie haben recht. Jeder hätte die Lore nutzen können, aber das könnte ja bedeuten, dass die Tote von hier kam!“ Doris schlug sich die flache Hand vor den Mund.

„Wird denn jemand vermisst?“

Mats in Husum

Montag, den 26. Dezember

Auch wenn Mats es nach dem Verlassen des Fundortes kaum erwarten konnte, sich auf dem Revier in Husum an seinen Computer zu setzen und das Foto der toten Frau durch die Gesichtserkennung laufen zu lassen, hatte er auf dem Weg an einer Dönerbude angehalten, um sich vorher zu stärken. Alle, die sich außer ihm eine einsame weihnachtliche Fast-Food-Mahlzeit gönnten, schienen ebenfalls an diesem Tag arbeiten zu müssen.

Ihm selbst war das egal. Mit Weihnachten hatte er nichts am Hut. Seit seine Eltern das verstanden hatten und auf ihn keine Rücksicht mehr nahmen, war es für ihn noch einfacher geworden. Sie verbrachten nun seit Jahren die Feiertage in den Bergen und er konnte tun und lassen, was er wollte. Auch arbeiten, wenn es sein musste. Auf eine feste Freundin legte er derzeit ebenfalls keinen Wert. Vielmehr genoss er seine Freiheit, seine sportlichen Aktivitäten und den Aufbau seiner Karriere. Immer mit Maß natürlich, aber Erfolg im Job war ihm trotzdem wichtig. Die ihm gestellten Aufgaben wollte er mit Bravour meistern, auch wenn es eine Extraschicht am zweiten Weihnachtstag bedeutete.

Nachdem er den letzten Bissen mit Cola heruntergespült hatte, nahm er sein Handy aus der Tasche und betrachtete das Gesicht der Toten zum ersten Mal genauer. Auch wenn es peinlich war, hatte er mit Grimm in der Nähe lediglich einen flüchtigen Blick riskiert. Am Fundort war das vorherrschende Ziel gewesen: Weder wollte er sich auf die Unbekannte übergeben, noch auf die Schuhe seines Kollegen. Und was die Betrachtung von Leichnamen anging, fehlte ihm bisher einfach Routine. Insofern hoffte er, dass sein Magen jetzt trotz der gerade einverleibten Mahlzeit stabil blieb.

Unwillkürlich zuckte Mats zusammen, als er den erschrockenen Gesichtsausdruck der toten Frau wahrnahm. Die Augen waren aufgerissen, der Mund leicht geöffnet. Die Kabine der Lore schien nicht vollständig geschlossen gewesen zu sein, denn Gesicht, Haare und Wimpern waren mit Eiskristallen überzogen, was die Konturen weichzeichnete und den Anblick weniger furchteinflößend machte. Oder hatte sie etwa eine Weile draußen gelegen, bevor sie in die Lore gesetzt wurde? Vielleicht hatte sich der Mörder erst nach einem Versteck umgeschaut. Das sprach für eine spontane Tat, vielleicht sogar einen Raubmord.

Trotzdem fragte sich der junge Kommissar, ob das Computerprogramm bei diesem Foto genug Anhaltspunkte fand, um dem Gesicht einen Namen zuzuordnen. Gut, dass er zusätzlich von allen Autos auf dem Parkplatz ein Foto gemacht hatte. Er konnte seine Analyse mit den nordfriesischen Kennzeichen beginnen und den Radius langsam erweitern, wenn das nichts brachte. Trotzdem tippte er auf eine Einheimische, keine Touristin.

Am größeren Bildschirm im Büro zeigte sich, dass die Fotos der Toten außerdem leicht unscharf waren. Mats schämte sich, so eine schlechte Arbeit geleistet zu haben. Vielleicht sollte er demnächst etwas Zeit in der Gerichtsmedizin verbringen, um seine Scheu gegenüber Leichen abzulegen. An ihren Anblick würde er sich nie gewöhnen, aber immerhin konnte er einen professionellen Umgang mit diesem Teil seiner Arbeit lernen.

Er versuchte, die Konturen des Gesichts mittels Bildbearbeitung ein wenig zu schärfen, aber es nützte nichts. Der Computer spuckte keinen Namen aus. Mats ärgerte sich über sich selbst und war froh, dass Grimm dieses Fiasko nicht mitbekam. Irgendwie musste er bis zum nächsten Tag trotzdem die Identität der Toten herausbekommen!

Er konzentrierte sich auf die Halterabfragen der Fahrzeuge vom Parkplatz. Von den zwanzig geparkten Autos wiesen lediglich sechs ein einheimisches Kennzeichen auf. Klar! Den Jahreswechsel an der Küste zu verbringen, war beliebt bei den Urlaubern. Mats war gespannt, wie viele der Wagen auf eine Frau zugelassen waren. Natürlich konnte die Tote genauso gut das Auto ihres Mannes genutzt haben, aber hätte der sie nicht längst als vermisst gemeldet?

Das war ein weiterer Aspekt, den er überprüfen sollte. Die Frau musste bereits am gestrigen Abend verschwunden sein. Schnell checkte er die Vermisstenanzeigen, aber da lag nichts Aktuelles vor; was gleichzeitig irgendwie merkwürdig war. Warum fragte sich niemand, wo sie abgeblieben war?

Mats schaute sich die Fotos an, auf der auch ihre Kleidung zu sehen war. Diese sah eher praktisch als elegant oder festlich aus. Außerdem schien sie etwas in die Jahre gekommen zu sein. Das sprach eher für einen Spaziergang am Deich von Dagebüll, nicht so sehr für einen Weihnachtsbesuch. Hhm, die ganzen Spekulationen brachten ihn nicht weiter. Er musste endlich herausfinden, wie sie hieß! Danach konnte er ihre Wohnung durchsuchen und das Umfeld befragen. Das wäre zielführend!

„Moin, junger Mann. Ach, bin ich froh, an Weihnachten hier überhaupt jemanden anzutreffen."

Mats war dermaßen in seine Überlegungen vertieft gewesen, dass er zusammenzuckte.

„Oh, Entschuldigung! Ich wollte Sie nicht erschrecken. Das tut mir jetzt aber wirklich leid!"

Er hob seinen Blick und guckte direkt in zwei tiefblaue Augen, die ihn freundlich anlächelten. Sie gehörten einer alten Dame, deren runzeliges Gesicht unter einer überdimensionalen Pelzmütze steckte. Dazu trug sie eine grüne Daunenjacke und dicke Boots. Immerhin war sie für das Wetter gut gerüstet.

„Kein Problem", antwortete Mats automatisch, obwohl ein wenig Unwillen in ihm hochstieg. Musste er sich jetzt mit einer Lappalie beschäftigen, obwohl er einen Mordfall auf dem Tisch hatte? „Moin und frohe Weihnachten. Was kann ich für Sie tun?"

„Ja, wie unhöflich von mir. Das wünsche ich Ihnen natürlich auch, vor allem, wenn Sie an so einem Tag arbeiten müssen. Mein Name ist Klara Winkelmann, aber alle sagen einfach Klara."

„Okay, Klara. Was führt Sie zu mir?"

„Tja, es ist ein bisschen peinlich, aber ich fürchte, ich habe meinen Schlüssel verloren. Ich stecke ihn immer in die rechte Tasche hier, wenn ich mit Charlie meine Runde drehe. Aber eben, als ich nach Hause kam, war er nicht mehr da."

Mats entspannte sich. Eine kleine Pause konnte nicht schaden und diese alte Dame war irgendwie niedlich. „Vielleicht hat Charlie den Schlüssel", mutmaßte er.

Klara fing so herzlich an zu lachen, dass sie ihn ansteckte, obwohl er keine Ahnung hatte, was an seiner Vermutung so lustig war.

„Charlie ist mein Pudel, Herr Kommissar. Ich wusste nicht, ob ich ihn hier mit reinbringen darf. Er wartet draußen", erklärte sie, während sein Blick zu der Glastür wanderte.

Davor saß ein schwarzer wuscheliger Geselle, der eindeutig vor Kälte zitterte. Mit großen Augen guckte er in seine Richtung und Mats ging das Herz auf. Er hatte bisher nie selbst einen Hund besessen, mochte aber Tiere.

„Der friert sich ja den ... Mors ab", bemerkte er voller Mitgefühl und erhob sich von seinem Schreibtischstuhl. Erst jetzt wurde ihm bewusst, wie klein Klara war. „Einen Moment."

Als Mats schließlich die Tür öffnete, schoss der kleine Pudel direkt auf Klara zu und tänzelte freudig erregt um sie herum.

„Danke, Herr Kommissar!“ Ein Strahlen zeigte sich auf ihrem Gesicht. „Dass Sie ebenfalls ein Tierfreund sind, macht Sie doppelt sympathisch.“

„Nennen Sie mich Mats“, forderte er sie auf. „So, was ist denn nun mit Ihrem Schlüssel? Charlie hat ihn nicht. Haben Sie ihn vielleicht ausnahmsweise in die linke Jackentasche getan?“

„Nein, leider nicht. Das habe ich bereits überprüft. Ich hatte allerdings meine Handschuhe dazu gestopft und erst draußen angezogen. Dabei habe ich den Schlüssel vielleicht herausgezogen und überhört, wie er zu Boden fiel.“

„Wissen Sie, welchen Weg Sie heute gegangen sind, Klara?“

„Natürlich! Ich bin zwar alt, aber nicht senil.“

„Dann lassen Sie uns gemeinsam schauen, ob wir ihn finden. Wie viele Schlüssel sind es denn und gibt es einen Anhänger?“ Mats stellte die Gedanken an den Mordfall für den Moment zurück und konzentrierte sich auf das Anliegen seiner Besucherin.

„Haus, Wohnungs- und Briefkastenschlüssel, dazu ein kleiner Schutzengel aus Edelstahl, den meine Enkelin mir geschenkt hat.“

Die präzise Beschreibung ließ Mats lächeln. Mittlerweile empfand er Klaras Auftauchen nicht mehr als Störung, sondern als nette kleine Ablenkung. Die kommenden Tage würden bestimmt sehr anstrengend werden und am heutigen Weihnachtstag konnte er sowieso nicht viel beschicken. Warum also nicht diese nette kleine Lady retten?

„Also gut, Klara. Dann drehen wir zusammen die gleiche Runde und suchen Ihre Schlüssel.“

Als Mats eine Stunde später völlig durchgefroren auf das Revier zurückkehrte, beseelte ihn trotzdem ein besonderes

Glücksgefühl. Tatsächlich war es ihm gelungen, die Schlüssel zu finden. Klara lud ihn daraufhin zu einer Tasse Kaffee eingeladen, was er - mit der Begründung, einen wichtigen Fall bearbeiten zu müssen – abgelehnt hatte. Da packte sie ihm kurzerhand zwei Stücke selbstgebackene Torte ein und drückte ihm schließlich noch einen Weihnachtsmann aus Schokolade in die Hand.

„Zucker gibt Energie", zwinkerte sie ihm verschwörerisch zu. „Und Sie haben wenigstens etwas Gesellschaft, wenn Sie zum Fest alleine arbeiten müssen."

Eine Oma wie aus dem Bilderbuch!

Mit neuem Elan machte sich Mats an die Halterabfrage. Die sechs Kennzeichen aus Nordfriesland ergaben drei weibliche und drei männliche Namen. Natürlich konzentrierte er sich zuerst auf die Frauen. Da die Führerscheinfotos uralt sein konnten, brachte er im ersten Schritt die Meldedaten in Erfahrung:

1) Katharina Kaiser, geboren 1982, wohnhaft in Dagebüll
2) Ewa Krautner, geboren 2000, wohnhaft in Dagebüll
3) Maren Schwennsen, geboren 1973, wohnhaft in Niebüll

Mats studierte die Personalausweisfotos und ließ sich bewusst Zeit damit, bevor er sich wieder den Bildern der Toten zuwandte. So ein vereister Leichnam war nicht einmal was das Alter anging, richtig einzuschätzen! Allerdings erkannte er die blauen Augen der vermeintlich Ermordeten. Damit war Ewa raus. Überhaupt schien sie Mats zu jung zu sein.

Er warf einen Blick zur Uhr. Es war bereits Nachmittag. Ob er in der Gerichtsmedizin jetzt jemanden erreichte?

Vielleicht war der Neue genauso engagiert wie er selbst. Einen Versuch war es wert.

Nach dem dritten Klingeln schaltete sich der Anrufbeantworter ein. Mats wollte schon enttäuscht auflegen, folgte dann aber einer Intuition.

„Moin Jan, hier ist Mats. Ich bin der Identität unserer toten Frau auf der Spur und könnte deine Unterstützung gebrauchen. Wenn du da bist, melde dich bitte kurz bei mir!“ Er nannte seine Handynummer und legte auf.

Wie erhofft klingelte kurz darauf sein Smartphone. „Hey, das ging aber schnell!“, begrüßte er den Kollegen, als er die Kieler Nummer erkannte.

„Einem Leidensgenossen, der sich den Weihnachtstag ebenfalls mit Arbeit versüßt, helfe ich gerne“, antwortete ein gut gelaunter Jan Feddersen. „Was brauchst du?“

„Auf meinen Fotos von der Toten sieht man mehr Eis als Merkmale ihres Gesichts. Mittlerweile müsste das ja weggetaut sein. Würdest du mir ein paar Bilder von ihr schicken?“

„Klar! Sag mal deine eMail-Adresse, dann hast du sie in ein paar Minuten.“

„Super, ich danke dir. Kannst du sonst schon was zu ihr sagen?“, wagte Mats einen Vorstoß und konnte das Grinsen des jungen Gerichtsmediziners förmlich durchs Telefon hören.

„Das war jetzt aber kein Vorwand mit den Fotos, oder?“, fragte er lachend.

„Nein“, grinste Mats. „Die würden mir wirklich weiterhelfen.“

„Also gut. Ich kann deine Ungeduld verstehen. Ein paar erste Infos habe ich tatsächlich für dich. Die Frau ist allem Anschein nach erschlagen worden, vermutlich mit einer

Schaufel oder einem Spaten. Ich bin mir ziemlich sicher, dass der Schlag auf den Hinterkopf tödlich war und sie nicht erfroren ist, weil sie ohne Jacke oder Mantel in diese Lore gesetzt wurde. Ganz genau bekommst du das im Laufe der Woche."

„Und kannst du was zum Todeszeitpunkt sagen?", fragte Mats.

„Auf jeden Fall gestern Nachmittag oder Abend. Vermutlich so zwischen sechzehn und zwanzig Uhr. Aber nagel mich nicht darauf fest."

„Ich weiß, genau kannst du es im Laufe der Woche sagen", foppte er den Kollegen.

„Du lernst schnell." Auch Jan schien seinen Spaß an dem Wortwechsel zu haben. „Also, die Fotos bekommst du gleich. Weiterhin viel Erfolg! Und besuch mich gerne mal hier in Kiel. Moin!"

„Geht klar, das mache ich." Mats bedankte sich und legte schließlich auf.

Nun hieß es warten. Wieder und wieder betrachtete er die Fotos, die keinen wirklichen Aufschluss gaben. Insgeheim tippte er vom Alter her auf Maren Schwennsen, aber er konnte sich genauso täuschen. Ungeduldig aktualisierte er seinen Posteingang, obwohl es so schnell eigentlich gar nicht gehen konnte.

Also gab er Dagebüll und Niebüll ins Maps-Programm ein. Er schätzte, dass es nicht viel mehr als fünfzehn Kilometer waren, eine Distanz, die man locker mal fuhr, nur um einen Spaziergang zu machen. Ja, circa dreizehn Kilometer.

Ein Signalton kündigte den Eingang einer eMail an. Seine Spannung stieg. Für einen Moment vergaß er glatt, dass es sich bei den Fotos wieder um die der Toten handelte – der Anblick also nicht gerade schön war. Jan hatte ihm zwei Serien von Fotos geschickt, jeweils frontal, im Profil und zusätzlich welche vom ganzen Körper, beruhigender Weise bekleidet. Auf den ersten Bildern war der Gesichtsausdruck der Frau unverändert, nur die Eisschicht fehlte. Dann gab es weitere, auf denen die Augen bereits geschlossen und der entsetzte Ausdruck verschwunden war. Auf diesen Fotos sah die Frau aus, als würde sie schlafen.

Aufregung kribbelte durch Mats´ Magen, als er sie mit dem Meldefoto verglich. Immer wieder wanderte sein Blick zwischen den Aufnahmen hin und her. Nein! Kein Zweifel: Bei der Toten handelte es sich um Maren Schwennsen!

Kurz war Mats in Versuchung, bei seinem Kollegen Grimm anzurufen, verwarf den Gedanken aber schnell wieder. Vermutlich saß die Familie gemütlich beisammen oder bereitete sich gerade auf das festliche Mahl vor. Da kam ein Anruf bestimmt ungelegen, auch wenn es sich um einen ersten Ermittlungserfolg handelte.

Mats hatte keine Vorstellung von der Größe der Familie. Grimm hielt sich mit Informationen über sein Privatleben grundsätzlich zurück. Er wusste nicht einmal, wie wichtig dem Kollegen selbst diese Zusammenkunft war. Vielleicht tat er es auch lediglich seiner Frau zuliebe.

Wie dem auch war. Am morgigen Tag würde er wieder da sein und je mehr Mats bis dahin über die Tote herausbekam, desto besser. Bevor er seine Internetrecherche begann, schickte er der Spusi den Auftrag, ihren Wagen in

Dagebüll abzuholen und ermittlungstechnisch zu untersuchen. Damit würden sie sicherlich erst morgen beginnen. Als Nächstes beantragte er einen Durchsuchungsbeschluss für ihre Wohnung und orderte dafür ebenfalls für den Folgetag ein Team von der Spusi.

Nun war er gespannt, welche Spuren Maren Schwennsen im Internet hinterlassen hatte. Er gab ihren Namen im ersten Schritt in die Suchmaschine ein und fand dadurch sehr schnell eine Website, die sie als Fotografin auswies. Die Adresse ihres Studios stimmte mit der in ihrem Personalausweis überein, was bei Kleinunternehmern nicht ungewöhnlich war. Mats klickte auf die Seite ‚Über mich'. Einen Werdegang hatte sie nicht hinterlegt. Vielmehr beschrieb sie dem Leser ihre Liebe zur Fotografie, wobei sie sich darauf spezialisiert hatte, Menschen in ihrem Umfeld – beruflich oder privat – in Szene zu setzen. Eigentlich eine gute Idee. Es gab einige Beispiele von der Fotografin selbst. Fotos auf denen sie nicht wirklich zufrieden oder gar glücklich aussah.

Mats klickte sich weiter durch die Homepage: Aufnahmen von dem Studio, eine kurze Referenzliste und eine Anfahrtsbeschreibung; viel mehr gab die Internetpräsenz nicht her. Der Kommissar verspürte leichte Enttäuschung, schalt sich dann aber selbst. Was hatte er erwartet? So schlecht war das für den Einstieg doch gar nicht!

Im Anschluss checkte er ihre Präsenz in den sozialen Medien, wurde aber überhaupt nicht fündig. Das wiederum war verwunderlich, denn einer Fotografin boten diese Plattformen großartige Möglichkeiten der Selbstdarstellung. Maren Schwennsen hatte das entweder nicht erkannt oder es war ihr zu aufwändig gewesen. Bestimmt fand Mats mehr darüber heraus, wenn er mit Menschen aus ihrem Umfeld sprach.

Morgen würde er mit Grimm ihre Räume durchsuchen, die Nachbarn befragen und dabei sicherlich auf private Kontakte stoßen. Ein Raubmord, also eine Zufallstat, schien ihm nach diesen ersten Informationen doch eher unwahrscheinlich. Bestimmt gab es ein persönliches Motiv für diesen Überfall. Sollte er noch einmal nach Dagebüll fahren und dort nach der Schaufel oder dem Spaten suchen? Schnell entschied er sich dagegen. Die Spusi hatte die Umgebung sorgfältig abgesucht, da würde er jetzt im Dunkeln nichts mehr finden.

Für heute war er zufrieden mit dem Fortschritt seiner Arbeit. Zeit, um nach Hause zu fahren und ein Helles zu zischen. Das hatte er sich wirklich verdient.

Emilia auf Langeneß

Dienstag, den 27. Dezember

Nach der erschreckenden Erkenntnis, dass es sich um die Lore ihrer Nachbarn handelte, wurde Doris plötzlich sehr geschäftig und räumte den Tisch ab. Jeden weiteren Gesprächsversuch erstickte sie im Keim, Fragen wollte sie nicht mehr beantworten.

Emilia und Piet verstanden ihr Bedürfnis, allein zu sein, und zogen sich zurück. Natürlich blieb der mysteriöse Todesfall für den Rest des Tages Thema, was insbesondere in Emilias Interesse war.

Piet schien darüber nicht gleichermaßen begeistert zu sein, ließ sich aber seiner Frau zuliebe auf Spekulationen ein.

Während sie einen ausgiebigen Spaziergang zur Erkundung der umliegenden Warften unternahmen, versuchten sie, den Tathergang zu konstruieren. Dabei stellten sie ständig neue Theorien auf, die sie meist nach kurzer Zeit wieder verwarfen.

„Also, auch wenn das natürlich sehr spannend wäre, den Mittelpunkt der Mordermittlung hier auf der Hallig zu haben, kann ich mir beim besten Willen nicht vorstellen, dass der Mörder sein Opfer mit einer Lore wegschafft. Wie soll er mitten in der Nacht zurückgekommen sein? Da fährt ja nicht einmal eine Fähre!“ Emilia guckte Piet direkt in die Augen.

„Er kann mit einem anderen Boot zurückgefahren sein.“

„Wo soll er das denn herhaben?“

„Kommt drauf an, wie lange die Tat im Voraus geplant war. Er kann es schließlich vor Wochen in Dagebüll deponiert oder für Weihnachten angemietet haben.“

„Das ist viel zu offensichtlich, damit bringt er sich direkt unter Verdacht.“ Emilia schüttelte mit Nachdruck ihren Kopf.

„Vielleicht gab es auf dem Festland einen Komplizen – oder einfach ein Freund, der ihn auf die Hallig zurückgebracht hat.“

Emilia fragte sich unwillkürlich, ob Piet nur widersprach, um sie zu piesacken oder ob er wirklich an diese Theorie glaubte. „Aber wirklich Sinn macht das alles nicht. Warum schmeißt der Mörder die Tote nicht einfach ins Wasser? Entweder direkt hier auf der Hallig oder meinetwegen auf halber Strecke von der Lore. Die Flut kommt und nimmt den Leichnam mit. Mit Glück wird sie nie wieder gesehen."

„Und wenn es nicht so glücklich läuft, wird sie irgendwo auf den Inseln oder Halligen an Land gespült. Weißt du, wie hier die Strömungen verlaufen?" Piet war nicht zu überzeugen. Sein Gesicht blieb dabei ernst. Ob er es genauso meinte, konnte Emilia nicht einschätzen. „Das könnte die Polizei vielleicht nachvollziehen."

„Die zentrale Frage lautet: Wird auf Langeneß überhaupt jemand vermisst?", wiederholte sie Doris´ Frage.

„Das kann ich dir nicht beantworten. Es sind zusätzlich zu den Einheimischen bestimmt etliche Touristen angereist."

„Hhm, wir müssten uns auf die Suche nach einem Zeugen machen", überlegte Emilia laut.

„Wie willst du das anstellen? So klein ist diese Hallig ja nun auch nicht."

„Aber wenn die Tote von hier ist, muss sie zum Lorenbahnhof gebracht worden sein."

„Dafür wirst du wohl kaum Zeugen finden. Gestern war der erste Weihnachtstag. Da haben sich alle die Bäuche vollgeschlagen. Selbst wenn manch einer vielleicht gerne einen Verdauungsspaziergang gemacht hätte; bei diesen Temperaturen, gepaart mit dem fiesen Ostwind, hat sich bestimmt keiner vor die Tür getraut. Außerdem finde ich die ganze Theorie des Abtransportes der Leiche mit einer Lore eher unwahrscheinlich. Bestimmt war das Vehikel längst in Dagebüll und die Tote wurde dort hineingesetzt." Piet nickte bekräftigend.

„Nach Doris´ Aussage waren ihre Nachbarn gestern beide zu Hause. Wie soll die Lore aufs Festland gekommen sein?"

„Dafür kann es eine harmlose Erklärung geben. Vermutlich haben sie die ausnahmsweise verliehen, vielleicht sogar für einen Weihnachtsbesuch“, parierte er.

„Wir sollten sie fragen. Das lässt sich schnell klären“, forderte Emilia ihn auf und drehte bereits um.

„Du willst bei fremden Leuten klingeln? Moin, wir sind Emilia und Piet, wir sind ja nicht neugierig, würden das aber schon gerne wissen. Sagen Sie doch mal: Wie kann es sein, dass Ihre Lore sich auf dem Festland befindet, während Sie hier sind? Haben Sie sie etwa an jemanden ausgeborgt? Und wenn ja, an wen genau?“ Piet konnte das Grinsen nicht mehr unterdrücken.

„Hauptsache, du kannst dich auf meine Kosten amüsieren. Sarkasmus ist übrigens die niederste Form des Humors.“ Emilia tat, als würde sie schmollen.

„Tatsächlich? Das ist mir neu.“

„Na, dann hast du ja wenigstens was gelernt.“

Nun konnte Piet sich nicht mehr zurückhalten. Er lachte aus vollem Hals. „Ach, meine Liebe, du bist wirklich unverbesserlich. Warum bist du plötzlich eigentlich so scharf auf die Mordermittlung? Lass die Kommissare einfach ihren Job machen und uns den Urlaub genießen. Mats Sommerfeld wird dich bestimmt gerne in alle Einzelheiten einweihen, wenn er den Fall gelöst hat.“

Als sie am nächsten Morgen nach dem Frühstück das Haus verließen, kam ihnen eine aufgeregte Doris entgegen.

„Emilia und Piet! Moin erst mal. Ich muss mich für mein schreckliches Verhalten von gestern bei Ihnen entschuldigen ...“

Emilia und Piet wechselten einen Blick. Schreckliches Verhalten?

„Es war total unhöflich, Sie direkt nach dem Essen aus meiner Küche zu komplementieren. Ich war einfach von der Rolle, als ich hörte, dass die Tote in der Lore unserer Nachbarn gefunden wurde. Aber das entschuldigt natürlich in keiner Weise mein Verhalten Ihnen gegenüber. Glauben Sie mir bitte, ich bin eigentlich eine vorzügliche Gastgeberin!“ Endlich unterbrach sie ihren Monolog, um einmal tief Luft zu holen.

Sofort nutzte Piet die Gelegenheit, um sie zu beruhigen: „Sie machen sich ganz unnötig Sorgen, liebe Doris. Wir haben uns sehr wohl in Ihrer Küche gefühlt und uns über Ihren herzlichen Empfang gefreut.“ Bevor sie weiter lamentieren konnte, wechselte er das Thema: „Wir würden uns gerne für den heutigen Tag zwei eBikes ausleihen, um die Insel ... äh, die Hallig zu erkunden. Können Sie uns da einen Tipp geben?“

„Ja, natürlich! So ein Ausflug ist herrlich und heute ist es verhältnismäßig windstill. Sie brauchen aber nirgends Räder auszuleihen. Wir haben für unsere Gäste eine Auswahl, zwei eBikes sind auch dabei. Wollen Sie außerdem eine Karte von Langeneß?“, fragte sie ein wenig übereifrig, vermutlich um ihren vermeintlichen Fehler wieder gutzumachen.

„Nein, vielen Dank. Wir haben uns mit allem versorgt, was wir für unsere Radtour brauchen, uns fehlen lediglich die Räder“, antwortete Piet mit einem Lächeln.

„Ja, dann kommen Sie mit. Nils hält sie immer in Schuss. Wahrscheinlich brauchen Sie sie nicht einmal aufzupumpen, sondern können gleich starten.“

Piet begutachtete die Räder. „Perfekt, sogar die Akkus sind komplett aufgeladen. Vielen Dank. Ich stelle die Sättel eben auf unsere Größen ein. Sie sehen uns wahrscheinlich erst heute Nachmittag wieder."

„Viel Spaß", verabschiedete sich ihre Gastgeberin, ohne sie mit weiteren Fragen oder Ratschlägen zu behelligen.

Eine Weile radelten sie schweigend über das platte Land, aus dem sich hier und da eine Warft mit jeweils mehreren Häusern erhob.

„Ist das nicht einfach herrlich?", fragte Emilia voller Begeisterung. „Nirgends kann man so weit gucken wie hier. Und wir haben wirklich Glück mit dem Wetter. Obwohl es so ein klarer Tag ist, spüre ich die Kälte gar nicht so sehr."

Piet lächelte und warf seiner Frau einen prüfenden Blick zu. „Heißt das, du bist jetzt endlich im Urlaub angekommen und verzichtest darauf, dich in den Mordfall einzumischen?"

„Was heißt hier einmischen? Im September war meine Unterstützung für die Polizei sehr hilfreich", empörte sie sich.

„Ja, sicher. Da kanntest du das Opfer persönlich. Aber das meine ich gar nicht. Radeln wir hier zum Vergnügen und um die Hallig zu erkunden, oder verfolgst du einen Plan? Irgendwie wirkst du so zielstrebig", behauptete er mit seinem typischen Schmunzeln, das Emilia an diesem Morgen provozierte.

Im Grunde fühlte sie sich ertappt. Er kannte sie einfach viel zu gut. „Ja, du hast recht", gab sie schließlich zögernd zu. „Ich dachte, wenn wir uns umschauen, wo sich die Einheimischen treffen, erfahren wir, ob jemand in der besagten Nacht verschwunden ist."

„Keine schlechte Idee", gab Piet zu.

„Wirklich?“, fragte Emilia überrascht. „Du wirst mich also unterstützen?“

„Das mache ich doch immer – zumindest, wenn deine Pläne nicht zu absurd sind“, erklärte er freimütig. „Hast du einen konkreten Plan?“

„Ich dachte, wir starten bei dem Halligkaufmann. In der Regel ist das der zentrale Treffpunkt für die Einheimischen, wo alle Informationen verteilt werden.“

„Tja, da muss ich dich enttäuschen. Du hättest einen Blick ins Internet werfen sollen.“

„Was meinst du damit?“, fragte Emilia irritiert.

„Der Laden ist derzeit geschlossen. Die Halligbewohner und Feriengäste werden zweimal pro Woche über Niebüll versorgt. In unserer Wohnung liegt ebenfalls eine Info dazu“, erklärte Piet.

„Oh!“ Vor lauter Enttäuschung trat Emilia auf die Bremse. „Das macht jetzt aber meine Idee kaputt“, rief sie ihrem Mann hinterher, der gar nicht so schnell reagieren konnte.

Als sie wieder neben ihm angekommen war, nahm er ihren Faden auf. „Du willst die Klatschbase der Hallig finden, oder?“

„Wenn du es so bezeichnen willst.“ Seine Vermutung entlockte ihr immerhin ein Lächeln.

„Meinst du nicht, dass du die in Doris bereits gefunden hast?“, fragte er verschmitzt. „Nach dem, was sie gestern bei dem Essen alles ausgeplaudert hat ...“

„Findest du? So viel war das eigentlich gar nicht!“ Emilia ließ die Gespräche im Geiste Revue passieren.

„Über die direkten Nachbarn haben wir einiges erfahren. Also, ich habe mir direkt überlegt, nur das preiszugeben, was die ganze Hallig erfahren darf.“

„Hhm. Genau genommen stimme ich dir zu. Diesen Gedanken hatte ich ebenfalls, aber durch ihre anschließende Verschlossenheit habe ich das irgendwie verdrängt. Lass uns die Radtour trotzdem fortsetzen. Die Hallig hat eine Länge von zehn Kilometern ..."

„Ah, du hast dich doch ein bisschen informiert", frotzelte er.

„Das können wir heute mit den eBikes locker schaffen", ignorierte sie seinen Einwand. „Vielleicht finden wir ein Café oder ein kleines Lokal, wo sich bevorzugt die Einheimischen treffen. Doris läuft uns ja nicht weg. Mit ihr können wir uns heute Abend oder morgen unterhalten."

„Ein Café oder ein Lokal erscheint mir eher unwahrscheinlich, aber es könnte einen Treffpunkt geben, der halb privat ist, so etwas wie ein Gemeindehaus oder so."

„Ein guter Gedanke", nickte Emilia.

„Fragt sich nur, ob wir Zugang erhalten", gab Piet zu bedenken.

„Ach, das schaffe ich. Ich könnte eine Lesung anbieten. Finden wir heraus, ob es so etwas gibt. Wenn ja, laden die uns bestimmt gerne ein. Das wäre eine willkommene Abwechslung, immerhin ist das kulturelle Angebot hier recht überschaubar."

„Das ist untertrieben."

„Und mit der Nachbarin komme ich ebenfalls ins Gespräch. Aber nun lass uns in die Pedalen treten, damit wir ein paar Einheimische kennenlernen."

Mats in Husum

Dienstag, den 27. Dezember

Am Dienstagmorgen strotzte Mats vor lauter Energie. Den Abend hatte er für einen Besuch im Fitnessstudio genutzt und danach bestens geschlafen. Als er früh auf dem Revier eintraf, lag der Durchsuchungsbeschluss für die Räumlichkeiten von Maren Schwennsen bereits vor. Auch von der Spurensicherung gab es zwei Mails. Der Wagen sollte im Laufe des Vormittags in Dagebüll abgeholt werden und ein Team würde die Kommissare ab halb zehn in der Wohnung unterstützen.

Perfekt! Mats war zufrieden und sehr gespannt, was sie dort finden würden. Ungeduldig wartete er auf Grimm, der aber trotz des Mordfalls heute nicht überpünktlich erschien. Vielleicht war er ja sogar verkatert. Das wäre immerhin eine Premiere. Auch wenn dem älteren Kollegen ein bisschen Humor gut zu Gesicht gestanden hätte, war er stets diszipliniert. Trotz aller Unterschiede hatte sich Mats an die Zusammenarbeit mit Grimm gewöhnt und ihn als kompetenten Ermittler schätzen gelernt.

Als er schließlich eine Viertelstunde später eintraf, wirkte er keineswegs so, als sei der Abend zu feuchtfröhlich gewesen. Er war im Gegenteil ungewöhnlich entspannt. Das Fest im Kreise der Familie schien sich positiv auf seine Stimmung auszuwirken.

„Moin, Kollege Sommerfeld“, begrüßte er ihn freundlich. „Haben Sie unseren Mörder bereits gefasst?“

„Da würden Sie Augen machen, wenn ich diese Frage jetzt mit ‚Ja‘ beantworten könnte. Einen derartig schnellen Erfolg kann ich leider nicht bieten, aber ich bin ein paar große Schritte vorangekommen und mit meiner Arbeit sehr zufrieden.“ Er selbst konnte hören, wie der Stolz in seiner Stimme mitklang und hoffte, Grimm würde ihn nicht damit aufziehen.

„Na, dann weihen Sie mich mal ein“, forderte der Kollege Mats stattdessen auf.

Das ließ er sich nicht zweimal sagen. Grimm lauschte seinem Bericht, ohne ihn zu unterbrechen. Als Mats geendet hatte, nickte er anerkennend.

„Gute Arbeit, Sommerfeld. Aus Ihnen wird vielleicht doch noch ein guter Ermittler“, nahm er ihn auf die Schippe. „Dann starten wir jetzt mit der Durchsuchung der Räume in Niebüll? Wenn wir sofort losfahren, können wir vor der Spusi eintreffen und uns einen schnellen Überblick verschaffen."

„Na, dann mal los! Wenn ich fahre, schaffen wir es bestimmt", wagte Mats einen Scherz, weil Grimm heute ungewöhnlich locker drauf war.

„Die Tickets bezahlen Sie aber selbst!", antwortete dieser trocken.

Wenn das Navi ihm nicht verkündet hätte, dass sie ihr Ziel erreicht hatten, wäre Mats glatt daran vorbeigefahren. In Natura sah die Fassade des Ladenlokals wesentlich unscheinbarer aus, als auf den Fotos von Maren Schwennsens Website. Das sprach immerhin für ihre Qualitäten als Fotografin. Da es sich um eine ruhige Gegend etwas abseits vom Stadtkern handelte, fand er sofort einen Parkplatz. Mats hatte am Morgen den Vermieter der Räume ausfindig gemacht. Der wartete bereits auf sie.

„Moin! Kommissar Mats Sommerfeld, wir haben vorhin telefoniert. Das ist mein Kollege Hauptkommissar Grimm! Prima, dass Sie so kurzfristig Zeit hatten."

„Peter Hennings", stellte er sich Grimm vor. „Vielen Dank! Ich bin froh, gleich informiert worden zu sein. Steht der Tod von Frau Schwennsen bereits fest oder gilt sie lediglich als vermisst?"

„Wie kommen Sie darauf?", hakte Mats sofort nach.

„Äh, das war nur so eine Vermutung."

„Warum sollte sie verschwunden sein?" Mats ließ nicht locker.

„Na ja, ich könnte mir vorstellen, dass es ihr hier alles über den Kopf wuchs. Ihr Geschäft scheint nicht besonders gut zu laufen. Jedenfalls ist sie eigentlich immer mit zwei bis drei Mieten im Rückstand. Es waren auch schon mal vier.“ Peter Hennings fuhr sich nervös durch die Haare. „Man soll ja nicht schlecht über die Toten reden, aber es hätte mich nicht gewundert, wenn sie mit ihrem Macker durchgebrannt wäre.“

„Mit ihrem Macker?“ Mats runzelte missbilligend die Stirn, was dem Vermieter jedoch nicht aufzufallen schien.

„Ja, der Typ, mit dem sie zusammen war.“

„Sie scheinen gut über das Privatleben Ihrer Mieterin Bescheid zu wissen.“ Mats Ton wurde schärfer.

„Nein, nein, das verstehen Sie vollkommen falsch, Herr Kommissar. Ich spioniere meinen Mietern nicht hinterher. Aber Frau Schwennsen brauchte zwischendurch persönliche Besuche, um für eine Mietzahlung motiviert zu werden - wenn Sie verstehen, was ich meine.“ Wieder raufte er sich die Haare.

„Sie haben Druck ausgeübt“, stellte Mats fest, während Grimm sich weiter zurückhielt.

„Ja, ich weiß, das ist nicht die feine Art, aber letztlich hat sie davon profitiert, weil sie bleiben konnte.“

„Warum haben Sie sie nicht an die Luft gesetzt?“

„Mit etwas Verzögerung habe ich die Miete schließlich bekommen“, antwortete Peter Hennings lapidar.

„Sie meinen, die Interessenten für diese Räume standen bei Ihnen nicht gerade Schlange?“, schaltete sich Grimm ein. Er hatte die Fensterfront und das, was man durch die Scheibe sehen konnte, bereits genauer in Augenschein genommen. „Bereits von außen betrachtet besteht bei dieser Immobilie ein nicht unerheblicher Modernisierungsbedarf.“

„Ja, das stimmt.“

„Sie haben also bei Ihren persönlichen Besuchen den Lebensgefährten von Frau Schwennsen angetroffen?“

„Ich weiß nicht, ob ich den so bezeichnen ...“

„Ja oder nein?“

„Ja.“

„Wissen Sie seinen Namen?“

„Äh, warum?“

„Ich stelle die Fragen“, erklärte Mats mit fester Stimme.

„Ja, äh ... sie hat ihn Patrick genannt. Den Nachnamen kenne ich nicht. Wofür ist das wichtig?“ Peter Hennings wäre am liebsten geflohen, traute sich aber nicht.

Das stärkte Mats´ Position. „In einer Mordermittlung ist alles wichtig. Gab es zwischen Ihnen und Patrick einen persönlichen Konflikt?“

„Wie kommen Sie darauf? Glauben Sie, ich war hinter meiner Mieterin her?“

„Eigentlich ... Hhm, waren Sie?“

„Nein! Natürlich nicht! Was denken Sie denn von mir?“, entrüstete er sich.

„Das tut jetzt nichts zur Sache. Wie hat dieser Patrick darauf reagiert, wenn Sie seiner Freundin wegen der Miete auf die Bude gerückt sind?“

„Unterschiedlich. Kam drauf an, in welcher Stimmung er war. Meistens hielt er sich zurück, aber er hat mich auch mal rausgeschmissen.“

„Das hat Sie sicher wütend gemacht“, mutmaßte Mats, ohne zu wissen, ob es zu irgendwas führen würde.

„Nee, ich bin dann wiedergekommen, wenn sie alleine war.“

„Und haben Sie bedrängt?“

„Herr Kommissar, was unterstellen Sie mir? Ich bin glücklich verheiratet. Von Frau Schwennsen wollte ich lediglich die Mietzahlungen – und zwar in Euro, nicht als sexuelle Gefälligkeit.“

„Moin! Na, was wird hier palavert? Kommt Ihr nicht in das Gebäude rein? So eine Tür habe ich in null Komma nix auf“, verkündete einer der Techniker von der Spurensicherung.

Sofort öffnete Peter Hennings die Tür. „Ihre Privaträume liegen im hinteren Teil.“

„Danke.“

„Gut, wir sind fürs Erste durch. Haben Sie eine Karte?“ Mats nahm sie entgegen. „Halten Sie sich bitte zu unserer Verfügung.“

„Ja, mache ich. Wann bekomme ich die Räume zurück?“

„Wir werden Sie darüber informieren. Können Sie mir Ihren Schlüssel überlassen? Den der Toten haben wir bislang nicht gefunden.“

„Warum haben Sie überhaupt einen Schlüssel?“, fragte Grimm. „Das ist bei fest vermieteten Immobilien nicht üblich.“

„Äh, ja, das ist richtig. Ich hatte das mit Frau Schwennsen wegen des Mietrückstandes so vereinbart.“ Peter Hennings drehte mit zittrigen Fingern den Schlüssel aus dem Ring und reichte ihn Mats. „Kann ich jetzt gehen?“

„Ja“, antwortete Mats, worauf der Vermieter sich umdrehte und schnell entfernte.

„Der lügt doch“, kommentierte Grimm dessen letzte Aussage.

„Bestimmt. Fragt sich nur, warum? Kommen Sie, werfen wir einen Blick in die Räume. Ich will jetzt wissen, was uns da erwartet.“

Das Ladenlokal war wie erwartet als Fotostudio eingerichtet. Durch die großen Frontscheiben war der Raum lichtdurchflutet, zusätzlich standen Fotoscheinwerfer bereit. Wie einige Beispiele an den Wänden zeigten, hatte Maren Schwennsen relativ unspektakuläre Porträtaufnahmen für unterschiedliche Zwecke aufgenommen. Bis auf einen Schreibtisch aus Glas, drei Stühle und ein Regal an der Rückwand befand sich nichts in dem Laden. Die Ausstattung schien ein wenig in die Jahre gekommen zu sein, war aber sauber und gepflegt.

Die privaten Räume, die sich direkt daran anschlossen, zeigten ein gegensätzliches Bild. Der erste Eindruck war schockierend. Mats konnte sich kaum vorstellen, dass diese Zimmer von der gleichen Person bewohnt wurden, die in dem Studio so penibel Ordnung hielt.

In Wohnzimmer, Schlafzimmer, Küche und Bad herrschte reines Chaos. Dabei war die Unordnung nicht einmal das Schlimmste. Sowohl auf einem Tisch im Wohnzimmer als auch in der Küche standen etliche benutzte Teller, Tassen und Gläser. Das Bad schien feucht zu sein. In den unteren Fugen der Dusche blühte der Schimmel. Angewidert trat Mats einen Schritt zurück und prallte prompt mit einem der Spurensucher zusammen.

„Ja, es ist nicht immer die wahre Freude, in den Sachen anderer Leute zu stöbern."

„Wem sagst du das?! Habt Ihr bislang irgendwas Verwertbares gefunden?"

„Kommt darauf an, was du damit meinst. Auf jeden Fall gibt es in dieser Höhle verschiedene Fingerabdrücke. Mindestens von vier Personen. Tja, da die Bewohnerin es scheinbar mit der Sauberkeit nicht so genau nahm, muss das nichts bedeuten, aber vielleicht eben doch. Wie es aussieht, hat sie mit mindestens zwei Männern verkehrt. Ich meine damit intim. Das liefert das erste Mordmotiv ..."

„Zwei Männer?“, fragte Mats perplex.

„Ja, Haare, Sperma. Die Einzelheiten erfährst du aus unserem Bericht.“

„Zwei Männer zur gleichen Zeit?“

„Dann kann ich noch nicht sagen. Vielleicht auch hintereinander.“

„Im gleichen Bettzeug? Das ist ja widerlich!“

„Jedem das Seine. Ich habe mir lange abgewöhnt, etwas zu verurteilen. Du steckst in den Menschen nicht drin.“ Der Techniker zuckte mit den Schultern. „Ich mach mal weiter.“

Mats nickte lediglich. Er dachte über das eben Gehörte nach. Ein Dreiecksverhältnis? Konnte Eifersucht das Motiv für diesen Mord sein? Das war immerhin so alt wie die Welt.

Bei dem einen handelte es sich vermutlich um diesen Patrick. Konnte der andere etwa Peter Hennings sein? Warum er Maren Schwennsen trotz des permanenten Mietrückstandes nicht gekündigt hatte, war jetzt nachvollziehbar. Er musste einiges investieren, um einen neuen Mieter zu finden. Aber hatte er wirklich ein Verhältnis mit dem Opfer gehabt? Mats konnte das nach den vorliegenden Fakten nicht einschätzen.

Also guckte er nach Grimm, der seine Suche auf das Wohnzimmer konzentrierte.

„Und haben Sie was gefunden, Kollege Grimm?“

„Mehr als mir lieb ist. Das Opfer hat alles, was aus Papier war, in mehreren Kartons gesammelt. Wichtiges und völlig Unwichtiges. Da kommt Arbeit auf uns zu. Wir müssen erst mal die Spreu vom Weizen trennen.“

„Verstehe. Irgendein Hinweis auf diesen Patrick? Haben Sie seinen Nachnamen?“, fragte Mats.

„Nein, bisher nicht. Aber das dort könnte ein Foto von ihm sein. Außerdem war unser Opfer schon mal verheiratet."

„Das ist nichts Besonderes", entfuhr es Mats.

„Ja, soweit stimme ich Ihnen zu. Ob die Scheidung überhaupt rechtskräftig ist, wissen wir nicht, aber immerhin hat sie hier alleine gewohnt."

„Zumindest war sie als Einzige hier gemeldet", parierte Mats.

„Verstehe ich nicht", gab Grimm offen zu.

Mats gab ihm die Informationen weiter, die er gerade von dem Techniker erfahren hatte.

„Ich bin mir nicht sicher, ob ich das wirklich wissen wollte", brummelte Grimm. „In diesem Fall scheint mehr Zunder zu stecken, als auf den ersten Blick ersichtlich war. Also gut. Packen wir die Kartons ein. Ich möchte mich hier nicht länger als nötig aufhalten."

„Und gibt es einen Hinweis auf Familie? Leben die Eltern noch? Hat sie Geschwister oder Kinder?", fragte Mats.

„Wir haben kein Handy gefunden. Das muss sie bei sich gehabt haben."

Der junge Kommissar nickte. „Es gibt keinen Festnetzanschluss auf ihren Namen, das habe ich bereits überprüft. Sie scheint alles über ihr Smartphone erledigt zu haben."

„Maren Schwennsen besaß trotzdem einen alten Computer. Er steht in einer Ecke im Schlafzimmer. Die Spusi ist gerade dran. Nach ersten Erkenntnissen hat sie damit ihre wenigen Rechnungen geschrieben und ausgedruckt. Ihre eMails müssen übers Mobiltelefon verschickt worden sein."

„Gibt es Informationen, bei welchem Anbieter sie einen Vertrag hatte? Den Einzelverbindungsnachweis sollten wir so schnell wie möglich anfordern. Jetzt zum Jahreswechsel wird sowieso alles länger dauern."

„Das steht zu befürchten!", murmelte Grimm verdrossen. „Warum müssen wir selbstverständlich arbeiten und andere haben zu dieser Zeit frei?"

Vergessen war der freie Tag, den er dem Kollegen verdankte. Mats lag eine entsprechende Bemerkung auf der Zunge, er schluckte sie aber herunter. Genau genommen hatte Grimm ja recht.

„Wie hieß der Ehemann?", wechselte er stattdessen abrupt das Thema.

„Was?"

„Haben Sie den Namen von dem Mann des Opfers?", wiederholte Mats seine Frage.

„Ja, sicher. Oliver Schwennsen. Er wohnt ebenfalls in Niebüll."

„Die beiden könnten also nach wie vor Kontakt haben", sinnierte Mats.

„Klar! Die Frage ist eben, wie intensiv der war und ob es dabei Konflikte gab."

„Und wenn ja, mit wem?", ergänzte der Jüngere.

„Sie meinen diesen Patrick?"

„Genau, das scheint mir gar nicht so abwegig."

„Klingeln Sie sich durch die Nachbarschaft, während ich mich weiter durch diesen Saustall kämpfe. Vielleicht erfahren wir von denen etwas", forderte Grimm ihn auf. „Danach suchen wir Oliver Schwennsen auf."

Mats war froh, die Räume verlassen zu können. Einen Moment hielt er draußen inne und atmete die kalte Luft tief in seine Lungen. Dabei nahm er den gesamten Block aus Wohn- und Geschäftsräumen in Augenschein. Rechts neben Maren Schwennsens Fotostudio gab es drei weitere Ladenlokale gleicher Bauart. Darüber befanden sich zwei Etagen mit Wohnungen.

Mats guckte sich erst die Geschäfte an und genoss weiter die frische Luft. Der Laden rechts von dem Fotostudio stand leer, daneben befand sich ein Schuh- und Schlüsseldienst mit integriertem Paketshop. In dem Vierten befand sich ein Maklerbüro. Die Fassade war saniert worden, insgesamt wirkte sie moderner und ansprechender, aber gleichzeitig ein wenig deplatziert. Mats konnte sich kaum vorstellen, dass Maren Schwennsen mit dem Makler ein engeres Verhältnis gepflegt hatte, aber Vorurteile brachten einen gewöhnlich nicht weiter. Und vielleicht handelte es sich um eine Maklerin!

Er beschloss, die Befragung der Nachbarschaft dort zu beginnen, wurde jedoch sofort ausgebremst. Die Tür war verschlossen, das Büro verwaist. Gegen das Gefühl der Enttäuschung ankämpfend zog er sein Handy aus der Tasche und fotografierte das Firmenschild:

K. und O. Weiss - Ihre Makler des Vertrauens, dazu eine Telefonnummer und die Aufforderung, jederzeit gerne anzurufen. Vermutlich war das Büro nur selten besetzt.

Bei dem Schlüsseldienst hatte der Kommissar mehr Glück. Er wurde freundlich von einem schlaksigen Typen begrüßt, der ihn neugierig durch eine runde Brille musterte, als er sich vorstellte.

„Wow, ein Kriminalkommissar, hier bei uns! Ist was passiert? Ja, natürlich ist was passiert, sonst wären Sie ja nicht hier. Entschuldigung, wenn ich aufgeregt bin, fange ich immer an zu quasseln. Mein Mann findet das schrecklich, aber so ist es eben. Ach, ich habe mich gar nicht vorgestellt. Mein Name ist Peer Lindholm."

Mats unterdrückte ein Lächeln. Er fand den Mann sympathisch und von jemandem, der gerne schnackte, bekam er im Zweifel mehr heraus.

„Es geht um Ihre Nachbarin Maren Schwennsen ..."

„Maren?", fragte er erschrocken. „Ist Maren etwas passiert?"

„Ja, leider wurde sie gestern tot aufgefunden." Mats skizzierte ein paar knappe Details.

„Ach, die arme Maren. Gott sei ihrer Seele gnädig! Wer kann ihr denn nach dem Leben getrachtet haben?" Peer Lindholm schob seine Brille höher, obwohl sie tadellos saß.

„Das wollen wir herausfinden. Dafür sammeln wir Infos über ihr Leben und ihr Umfeld. Vielleicht können Sie uns weiterhelfen. Wie gut kannten Sie sie?" Mats war konzentriert.

„Tja, das ist eine gute Frage. Maren kam gerne rüber, um einen Kaffee mit mir zu trinken. Sehr viel hatte sie ja nicht zu tun. Irgendwie war es zu meiner Aufgabe geworden, sie aufzuheitern."

„Was meinen Sie damit?"

„Maren hatte oft schlechte Laune. Sie war frustriert, weil ihr Studio nicht so richtig lief. Sie träumte von dem großen Erfolg als Fotografin, von dem ganz großen Durchbruch. Aber davon war sie weit entfernt. Ich hätte es ihr wirklich gegönnt", fügte Lindholm hinzu.

„Wie lange führte sie das Geschäft?", fragte Mats.

„Hhm, lassen Sie mich überlegen. Ich denke, das müssen jetzt so zweieinhalb Jahre sein."

„Und was hat sie vorher gemacht?"

„Sie war als Fotografin angestellt."

„Wissen Sie bei wem?"

„Ja, klar. Bei Klaus Hagedorn. Kennen Sie den? Er hat mehrere Filialen in Schleswig-Holstein, unter anderem in Dagebüll, Husum und Kiel."

Mats notierte sich den Namen. Er war sich nicht sicher, ob er ihn schon mal gehört hatte. „Wissen Sie, wo ich ihn antreffe? Ich meine, in welchem seiner Studios?"

„Nee, rufen Sie da einfach an, dann wird man es Ihnen sagen." Peer Lindholm schien sich wieder zu entspannen.

„Okay. Wir haben gehört, dass Maren Schwennsen einen Freund oder Lebensgefährten hatte: Patrick. Kennen Sie seinen Nachnamen?"

„Weiland."

„Wohnt er ebenfalls in Niebüll?"

„Er war oft bei Maren, hat aber eine eigene Wohnung in ..." Lindholm schob wieder die Brille in Richtung Nasenwurzel. „Äh, jetzt wo Sie mich so direkt fragen ... das weiß ich gar nicht."

„Kein Problem. Wie war ihr Verhältnis? Gab es Konflikte?", fragte der Kommissar weiter.

„Na ja, Streit gibt es in den besten Familien", antwortete er lapidar und lachte schließlich über seinen eigenen Scherz.

„Sicher, worüber gab es Streit?"

Lindholm nahm die Brille ab und putzte sie ausgiebig. Offensichtlich war es ihm unangenehm, darüber zu reden.

„Wir bekommen es sowieso heraus", schob Mats ihn ein wenig an. „Da es darum geht, Marens Mörder so schnell wie möglich zu finden, dürfen wir keine Zeit verlieren."

Der Manipulationsversuch drohte ins Gegenteil zu kippen. Peer Lindholm setzte mit zittrigen Fingern die Brille wieder auf und guckte ihn aus weit aufgerissenen Augen an. „Sie glauben doch nicht etwa, dass Patrick oder Oliver etwas mit Marens Tod zu tun haben?"

„Bisher sammeln wir lediglich Informationen", wiederholte Mats geduldig.

„Aber steht einer von den beiden unter Verdacht?"

„Nein", antwortete er. Seine Aussage entsprach der Wahrheit. „Gab es einen Konflikt zwischen den beiden Männern?"

Lindholm guckte ihn prüfend an. „Sie wissen nichts von dem ... besonderen Verhältnis, oder?"

„Sie meinen, dass Maren mit beiden Männern intim war?", fragte Mats halb ins Blaue.

Sein Gesprächspartner atmete geräuschvoll aus. Es schien ihn zu erleichtern, dies nicht ausplaudern zu müssen. „Ja, genau", bestätigte er flüsternd.

„Hat sie die Männer gegeneinander ausgespielt?", wollte Mats weiter wissen.

„Nein, so war Maren nicht. Ich glaube, sie mochte beide. Ob sie sie wirklich geliebt hat, kann ich nicht sagen. Darüber hat sie mit mir nicht gesprochen. Vielleicht hat sie sich auch beide warmgehalten, um immer mal ein bisschen finanzielle Unterstützung abzustauben. Wissen Sie, sie war dermaßen knapp bei Kasse, sie konnte nicht einmal regelmäßig ihre Miete bezahlen." Nun kam Peer Lindholm doch ins Schnacken.

„Ja, davon haben wir bereits gehört. Warum haben die Männer das mitgemacht?" Mats fand die Vorstellung skurril, eine Frau zu teilen. Auch wenn er sich als modern bezeichnen würde, in dieser Hinsicht war er konservativ.

„Das müssen Sie Patrick und Oliver fragen", antwortete Peer Lindholm pragmatisch.

„Ja, da haben Sie recht. Ich danke Ihnen fürs Erste. Wenn Ihnen noch was einfällt, rufen Sie mich bitte an." Mats reichte ihm seine Karte und verabschiedete sich. Als er aus der Tür getreten war, fiel ihm ein, dass er nicht nach der Familie von Maren Schwennsen gefragt hatte. Er gab sich eine Minute und genoss erneut die Wintersonne, bevor er in den Laden zurückkehrte.

„Ah, Sie schon wieder." Peer Lindholms Begeisterung hielt sich klar in Grenzen.

„Ja, ich habe eine letzte Frage, dann sind sie mich erst mal los." Mats grinste. „Hat Maren Familie? Konkreter gefragt: Hat sie Kinder? Leben ihre Eltern noch und gibt es Geschwister?"

„Nein, nach meinem Wissen, nichts von alledem. Sagen wir mal so: Mit mir hat sie nie über ihre Eltern oder mögliche Geschwister gesprochen. Kinder hat sie nicht, da bin ich mir sicher."

„Okay, danke." Mats verließ endgültig das Ladenlokal.

Am liebsten wäre er direkt zu Oliver Schwennsen oder Patrick Weiland gefahren. Mehr über diese besondere Dreiecksbeziehung zu erfahren, interessierte ihn weit mehr, als jetzt die Nachbarn in den Wohnungen abzuklappern. Bestimmt waren die Gespräche mit den Männern aufschlussreicher und zielführender. Maren Schwennsen schien auf jeden Fall eine außergewöhnliche Frau gewesen zu sein.

War die Lösung so einfach? Handelte es sich um ein Eifersuchtsdrama? War dem Mord ein Streit vorausgegangen? Vielleicht schwelte zwischen den dreien seit Längerem ein Konflikt, der am Weihnachtstag seinen Höhepunkt gefunden hatte. Waren beide Männer bei Maren in der Wohnung gewesen? Zumindest sah es nicht nach einer klassischen Weihnachtsfeier aus. Weihnachtsschmuck gab es weder in dem Studio, noch in den Privaträumen. Waren die Drei – oder zwei von ihnen – vielleicht in Dagebüll essen gewesen? Eifersüchtig beäugt von dem Dritten im Bunde?

Mats schüttelte die spekulativen Überlegungen ab. Das brachte ihn überhaupt nicht weiter. Jetzt war polizeiliche Kleinarbeit angesagt. Klinken putzen und mit Menschen aus dem Umfeld des Opfers plaudern. Mit einem Seufzer studierte er das Klingelbrett und drückte schließlich auf einen der Knöpfe. Mal sehen, wie viele der Nachbarn an diesem Tag zu Hause waren.

Eine Stunde später stand er mit knurrendem Magen und einer mageren Bilanz wieder vor der Tür. Leicht erschöpft schloss er die Augen und reckte sein Gesicht der Sonne entgegen, um ein wenig Kraft zu schöpfen.

„Na, so klärt sich unser Fall aber nicht auf", ertönte Grimms Stimme, was ihm leider den Augenblick zerstörte.

„Wenn Sie wüssten, was ich gerade durchgemacht habe, würden Sie mir den Moment der Stille gönnen", antwortete Mats mit einem Anflug von Gereiztheit, ohne die Augen zu öffnen.

„Sie Ärmster", zog Grimm ihn auf. „Sind Sie mit harter Polizeiarbeit konfrontiert worden?"

„Mit einer sechsköpfigen Familie, von denen die vier kleinen Kinder einen Rekord im Lärmen in Innenräumen brechen wollten und die beiden Erwachsenen, die sich daran überhaupt nicht störten, kein gutes Haar an Maren Schwennsen gelassen haben." Mats guckte dem Kollegen gespielt mitleidheischend direkt in die Augen.

„Na, dann brauchen Sie wohl eine Stärkung. Ich lade Sie zu einem Dönerteller ein."

„Ernsthaft? Weihnachten macht Sie gefühlsduselig, Kollege Grimm."

„Werden Sie bloß nicht frech, sonst überlege ich es mir anders", antwortete der ältere Kommissar mit versteinertem Gesichtsausdruck. „Kommen Sie, unterwegs können Sie mich in Ihre Erkenntnisse einweihen. Ich kann gar nicht abwarten zu hören, was Sie herausgefunden haben."

Emilia auf Langeneß

Mittwoch, den 28. Dezember

Einfach so über die Hallig zu radeln, dabei ein paar Einheimische kennenzulernen und in Erfahrung zu bringen, ob jemand vermisst wurde, hatte sich schnell als schwierig herausgestellt. Zum einen schienen bei diesen frostigen Temperaturen wesentlich mehr Touristen als Halligbewohner unterwegs zu sein, zum anderen sah man ihnen ja nicht an der Nasenspitze an, ob sie hier wohnten oder lediglich zu Gast waren.

Emilia und Piet fanden zwar eine Art Gemeinschaftsraum, in dem wohl Veranstaltungen und gesellige Zusammenkünfte stattfanden, dieser war jedoch verwaist und ein Ansprechpartner nicht zu ermitteln. Doch statt sich die Laune verhageln zu lassen, genossen beide den herrlich sonnigen Tag, besichtigten die Kirche und tranken an der südwestlichen Spitze der Hallig einen Pharisäer. Dabei erfreuten sie sich an dem herrlichen Blick über das Wattenmeer und auf die Hallig Hooge.

Am späten Nachmittag kehrten sie zufrieden und völlig erschöpft in ihre Ferienwohnung zurück.

„Na? Willst du jetzt den Nachbarn oder Doris auf die Bude rücken und sie wegen der Toten in der Lore befragen oder soll ich dir lieber ein Bad einlassen, damit du dich entspannen kannst? Das ist ein gutes Mittel, um einem Muskelkater vorzubeugen." Wie immer war Piet um das Wohlbefinden seiner Frau besorgt.

„Ach, das wäre herrlich!", begeisterte sich Emilia sofort für die Idee. „Gib bitte etwas von dem Arnikaöl ins Badewasser, es befindet sich in meinem Kulturbeutel."

„Das mache ich gerne. Dazu bekommst du eine Tasse Tee. In einer Stunde gibt es dann das Abendessen. Mal schauen, was ich aus unseren mitgebrachten Lebensmitteln zaubern kann."

Am nächsten Morgen fühlte sich Emilia voller Tatendrang. Der entspannte Abend mit Piet verlieh ihr neue Energie. Nach dem Bad und dem leichten Abendessen war sie im bequemen Ohrensessel versunken. Die wohlige Wärme des Kaminofens, dazu das flackernde Feuer hatte sie schnell müde werden lassen. Sie waren früh ins Bett gegangen und hatten herrlich geschlafen.

Auch an diesem Morgen wurden sie wieder von der Sonne geweckt. Was für ein Glück sie mit dem Wetter hatten! Doris hängte ihnen eine Tüte mit Brötchen an die Tür und sie nahmen sich Zeit für ein ausgiebiges Frühstück.

„Und welche Pläne hast du für den heutigen Tag?", fragte Piet über den Rand seiner Teetasse hinweg.

Emilia zögerte mit ihrer Antwort. Am liebsten würde sie den jungen Mats Sommerfeld anrufen und über Neuigkeiten in dem Fall befragen, aber dafür hätte ihr Mann sicherlich wenig Verständnis. Außerdem drängte sich die Frage auf, was das bringen sollte. Die Kommissare konzentrierten ihre Ermittlung bestimmt auf das Festland. Anderseits ging es ja um die Identität der Toten. Wenn sie von der Hallig kam, könnte sie sich weiter umhören.

Emilia verwarf den Gedanken. Wenn es sich wirklich um eine Einheimische handelte oder sie zumindest hier zu Gast gewesen war, würden Mats Sommerfeld und Volker Grimm ohnehin auftauchen. Sie beschloss, es abzuwarten und sich in der Zwischenzeit wie geplant bei den Nachbarn umzuhören und erneut mit Doris Jansen zu schnacken. Vielleicht war sie, wie Piet vermutete, wirklich die Tratschtante von Langeneß. Immerhin gehörte sie quasi zu den Ureinwohnern und kannte alle.

„Brütest du was aus?", hakte Piet nach, weil er keine Antwort erhielt.

„Hhm, ja. Ehrlich gesagt lässt mich der Fall nicht los. Ich habe überlegt, ob ich Mats Sommerfeld anrufen soll, werde aber vorher den Nachbarn einen Besuch abstatten."

„Da werden die sich bestimmt freuen."

Emilia zog eine Grimasse. „Immerhin sind wir zu Gast auf der gleichen Warft. Da ist es legitim, sich ein bisschen umzuschauen und mit den Menschen aus der Nähe ins Gespräch zu kommen", verteidigte sie ihren Plan.

Piet musterte sie mit einem langen Blick.

„Was?", fragte sie leicht verunsichert. „Ich kenne diesen Blick! Dir liegt was auf der Seele."

„Wohl eher auf dem Magen“, entgegnete Piet ernst. „Mir ist absolut nicht wohl, wenn du den Eigentümern der Unglückslore zu nahekommst.“

„Was soll mir denn passieren?“

„Ist das eine Fangfrage? Du weißt nichts über diese Menschen und was in der besagten Nacht geschehen ist. Vielleicht stand die Lore gar nicht in Dagebüll und wurde dort als Ablageort für den Leichnam genutzt. Vielleicht ist der Mord doch hier geschehen.“

„Gestern warst du anderer Meinung“, ging Emilia sofort auf Konfrontation.

„Ich halte es nach wie vor nicht für sehr wahrscheinlich“, gab Piet zu. „Möchte aber auf keinen Fall, dass du dich unnötig in Gefahr begibst. Können wir nicht einfach Urlaub machen? Das war ein richtig schöner Tag gestern.“

„Die Hallig gibt nun wirklich nicht genug her, um jeden Tag eine Radtour zu machen“, widersprach Emilia.

„Aha! Darf ich dich erinnern, dass du dieses Reiseziel ausgesucht hast? Mit einem Mordfall war dabei nicht zu rechnen.“

„Das ist absolut richtig, aber nun gibt es eben diesen Leichnam und es juckt mir in den Fingern, etwas darüber herauszubekommen.“ Emilia blieb erst stur, besann sich aber schließlich. „Also gut, Vorschlag zur Güte. Ich werde gleich gucken, ob ich bei den Nachbarn etwas in Erfahrung bringe. Das dauert ohnehin nicht den ganzen Tag. Wenn ich zurück bin, setzen wir unser Touristenprogramm fort und du darfst entscheiden, was wir unternehmen.“

„Einverstanden! Aber pass auf dich auf!“, wiederholte Piet eindringlich. „Ich brauche dich an meiner Seite, meine Liebe.“

„Ich habe nicht vor, auf diesem Eiland mein Leben zu lassen. Aber am helllichten Tag wird mir dort schon keiner eine Schaufel auf den Schädel schmettern."

„Ich meine es ernst, Emilia! Das ist nicht der richtige Zeitpunkt für Kalauer!" Piet war offensichtlich verärgert.

„Entschuldige", ruderte sie sofort zurück. „Ich weiß deine Sorge zu schätzen und werde vorsichtig sein. Versprochen!"

„Na, dann ist ja gut", gab er sich mit Emilias Zustimmung zufrieden.

Nach dem Frühstück zog sich die Schriftstellerin warm an. Die gesamte Landschaft war von einer dicken Schicht Reif überzogen. Alles wirkte ruhig und friedlich. Emilia war sich bewusst, dass dieser Eindruck trügerisch sein konnte. Auch ohne Piets mahnende Worte wäre sie auf der Hut gewesen. Neben ihrem Mut und ihrer Unerschrockenheit gehörten Vorsicht und Besonnenheit zu ihren Tugenden. Außerdem war sie sich ihres Status bewusst. Immerhin gehörte sie nicht zur Polizei, sondern war eine neugierige Hobbyermittlerin, die vermutlich zu viele Krimis gelesen und mittlerweile auch geschrieben hatte.

Auf der Warft herrschte Ruhe. Als sie dem Hof von Elke und Enno Jakobs näherkam, hörte sie die Kühe im Stall. Die Tür stand weit offen, also beschloss Emilia, einen Blick hineinzuwerfen.

„Was schnüffeln Sie hier herum?", fragte eine barsche Stimme direkt hinter ihr.

Emilia zuckte zusammen. So viel zum Thema Vorsicht. Sie war dermaßen in Gedanken versunken gewesen, dass sie die Schritte der näherkommenden Frau überhört hatte. Oder hatte diese sich an sie herangeschlichen? Emilia drehte sich um und guckte direkt in das griesgrämige Gesicht einer Frau mittleren Alters.

„Äh ... moin. Entschuldigen Sie, ich schaue mich nur ein bisschen um. Emilia Anderson“, stellte sie sich vor und reichte der Frau die Hand, die diese prompt ignorierte. „Ich bin mit meinem Mann zu Gast in der Ferienwohnung von Doris und Nils Jansen.“

„Kein Grund, hier herumzuschnüffeln“, moserte die Frau weiter. „Sie befinden sich auf Privatbesitz. Dieser Hof gehört nicht zu dem Grundstück von Doris und Nils. Nur weil wir uns eine Warft teilen, gibt Ihnen das noch lange nicht das Recht, hier herumzustromern.“ Sie stützte ihre Arme in die Hüften und baute sich vor Emilia auf. „Ist das jetzt klar?“

Ausnahmsweise war die Krimiautorin sprachlos. Mit so viel Ablehnung hatte sie nicht gerechnet, als sie den Entschluss fasste, sich mit den Nachbarn bekannt zu machen. Irgendwie passte es nicht. Die Nordfriesen waren normalerweise friedlich und pragmatisch, immer offen für einen Schnack. Und in der friedlichen Zeit zwischen den Jahren entspannten sich sogar diejenigen, deren Leben normalerweise hektisch war.

Dieses Verhalten war verdächtig! Emilias Gedanken rotierten. Sich einfach zurückzuziehen, wäre an diesem Punkt am einfachsten gewesen, für sie aber keine Option. So schnell wollte sie ihren Plan nicht aufgeben. Trotzdem hatte sie keine Ahnung, wie sie die Stimmung der Frau, bei der es sich vermutlich um Elke Jakobs handelte, verbessern sollte. Sie kramte in ihrem Gedächtnis. Was hatte Doris bei dem gemeinsamen Mittagessen über ihre Nachbarin berichtet? Obwohl sie sich über sich selbst ärgerte, konnte sie sich nicht mehr an alle Details erinnern. Nur dass Elke Jakobs sich nicht übermäßig in die Arbeit auf dem Hof einbrachte. Und ihre Ehe vermutlich nicht besonders glücklich verlief. Das allein war kein Grund für dieses Verhalten einer Fremden gegenüber!

„Brauchen Sie eine zusätzliche Aufforderung oder welche Stelle von ‚Sie sind hier unerwünscht' haben Sie nicht verstanden?", motzte die Frau weiter. „Verschwinden Sie endlich von unserem Grund und Boden, sonst mache ich Ihnen Beine!"

Emilia gab auf. Vielleicht konnte sie es zu einem anderen Zeitpunkt erneut versuchen, dafür brauchte sie allerdings einen konkreten Plan. Sie hob beschwichtigend die Hände und zog sich wortlos zurück.

Immerhin gab diese Begegnung Gesprächsstoff für eine Unterhaltung mit ihrer Vermieterin. Emilia würde versuchen, sie gegen Abend abzupassen. Nun stand erst mal der Ausflug mit Piet auf dem Programm. Nach dieser Begegnung war sie voller Vorfreude, was sich ihr Mann hatte einfallen lassen. Erst als sie den Schlüssel für die Ferienwohnung aus der Tasche kramte, merkte sie, wie sie am gesamten Leib zitterte.

Als sie es endlich geschafft hatte, den Schlüssel in das Schloss zu bekommen und die Tür zu öffnen, sackte sie auf der Schwelle mit einem Seufzer zusammen, ohne etwas dagegen tun zu können. Ihre Beine gaben einfach nach.

Piet hörte das Geräusch und eilte zu ihr. „Du meine Güte! Was ist passiert?" So hatte er seine Frau noch nie erlebt.

„Ich erzähle es dir gleich. Hilf mir bitte in den Sessel. Ich bin fix und fertig", stöhnte Emilia. Auch wenn sie es hasste so schwach zu sein, bei ihrem Piet musste sie sich nicht verstellen.

Trotzdem würde er sich natürlich bestätigt fühlen, wenn sie ihm von dem Ausbruch der wütenden Nachbarin berichtete.

Nachdem er ihnen einen starken Tee gekocht hatte, lauschte er dem Bericht, ohne ihn zu kommentieren, was Emilia unangenehmer als eine Standpauke fand. Schließlich zückte er sein Mobiltelefon und schien nach einer Nummer zu suchen.

„Was hast du vor?“, fragte sie irritiert. „Du willst da doch jetzt nicht anrufen und dich über die Unfreundlichkeit beschweren?“ Auch wenn das ein abwegiger Gedanken war, traute sie ihrem Piet so eine Aktion zu.

Er schüttelte lediglich den Kopf. „Entspann dich“, flüsterte er lächelnd. „Ich habe einen anderen Plan. Allerdings hoffe ich, dass es dir eine Lehre ist. Nicht jeder freut sich darüber, wenn du deine hübsche Nase in seine Angelegenheiten steckst.“ Als sich schließlich am anderen Ende der Leitung jemand meldete, hob er die Hand, um sie zum Schweigen zu bringen.

„Anderson. Moin. Ich möchte gerne für den heutigen Nachmittag eine Massage bei Ihnen buchen – für meine Frau und für mich. Haben Sie freie Termine? ... Um fünfzehn Uhr? Wunderbar, wir werden da sein. Bitte verbinden Sie mich mit Ihrem Restaurant, ich möchte außerdem einen Tisch bestellen.“

Nach einem herrlichen Mittagessen im Anker´s Hörn mit Blick über die Nordsee und einer entspannenden Massage im Wellnessbereich des Hotels hatte Emilia ihr Gleichgewicht wiedergefunden.

„Ich danke dir für dieses Wohlfühlprogramm, Piet. Du hast es nicht verlernt, deine Frau zu verwöhnen. Ach, herrlich, das könnte ich mir jeden Tag gefallen lassen“, freute sie sich.

„Wenn es dich davon abhält auf Mörderjagd zu gehen, bin ich dabei.“

„Muss ich das versprechen?“, fragte sie augenzwinkernd, was ihr einen Stoß in die Rippen einbrachte.

„Ah, du hast wieder Oberwasser. Das ging schnell. Ich dachte, du würdest dich wenigstens ein paar Tage zurückhalten“, ließ er sich auf das Gefrotzel ein.

„Würde ich ja“, jammerte sie gespielt, „aber wir sind nur diese Woche hier.“

„Und wir werden unseren Aufenthalt nicht verlängern!“

„Siehst du, was ich meine?“

„Aber du willst nicht noch einmal zu dieser Elke Jakobs gehen, oder?“, fragte Piet wieder ernst.

„Nein. Ich dachte, wir könnten Doris in eine Plauderei verwickeln. Dazu sollten wir uns vorher überlegen, was wir von ihr wissen wollen, also eine Strategie festlegen. Sie weiß bestimmt etwas, das uns weiterbringen kann.“ Auf Emilias Wangen bildeten sich rosige Flecken, sie spürte es an der Wärme.

„Weiterbringen?“, echote Piet.

„Ja, du weißt schon, wie ich es meine.“

„Nein. Eigentlich nicht.“

„Na ja, ob jemand auf der Hallig vermisst wird und so. Nach diesem Zusammenstoßen mit Elke Jakobs möchte ich außerdem unbedingt mehr über diese Frau erfahren. Irgendwas stimmt nicht mit ihr!“

Emilia hatte sich einen Vorwand zurückgelegt, warum sie ihrer Vermieterin einen Besuch abstatten wollte, aber wie sich zeigte, war das gar nicht nötig. Doris schien sich stets zu freuen, wenn sie Gesellschaft bekam und mit jemandem schnacken konnte.

„Kommen Sie herein, Emilia. Ich bin gerade dabei, Brot zu backen. Ab und zu mache ich mir die Arbeit, weil mein Nils es so gerne isst. Nehmen Sie Platz. Wollen wir ein Glas Wein trinken oder ist Ihnen ein Tee lieber?"

„Ich trinke am Abend gerne ein Glas Wein", nahm sie das Angebot an.

Doris nickte. „Geben Sie mir fünf Minuten, dann habe ich das Brot im Ofen und wir können es uns gemütlich machen. Hatten Sie einen schönen Tag?"

Emilia war in Versuchung, von der seltsamen Begegnung mit Elke Jakobs zu berichten, verschob dies aber auf später, wenn sie sich der vollen Aufmerksamkeit ihrer Gastgeberin sicher sein konnte. Also berichtete sie von dem Ausflug nach Anker´s Hörn.

„Ach, wie schön", kam Doris sofort ins Schwärmen. „Ja, es ist herrlich dort. Ich beneide Sie um Ihren Piet, liebe Emilia. Es ist großartig, wie er Sie verwöhnt! So, das war´s. Jetzt hole ich uns eine Flasche Rotwein und damit setzen wir uns in die gute Stube."

„Das ist ein wunderschöner Raum", rief Emilia spontan aus, als sie das Zimmer betraten.

„Ja, es sind alles alte Möbel, die sich seit Generationen in der Familie befinden – natürlich sind die Sessel inzwischen aufgepolstert worden", lächelte Doris.

„Oh, was ist das für ein besonderer Ofen! Der sieht ja großartig aus", schwärmte die Schriftstellerin weiter.

„Darauf sind wir besonders stolz. Es handelt sich um einen echten Bilegger."

Interessiert trat Emilia einen Schritt näher. „Ich kann gar nicht sehen, von wo er beheizt wird."

„Dafür müssen Sie in den Nebenraum gehen", kam die überraschende Antwort. „Er wird quasi von hinten mit Holz befüllt und wärmt dadurch beide Räume." Der Stolz klang in Doris´ Stimme mit.

„Und haben diese Kugeln eine Bedeutung oder dienen sie lediglich dekorativen Zwecken?", fragte Emilia weiter.

„Da haben Sie gleich eins der Highlights dieses Ofens entdeckt. Tatsächlich wurden diese Kugeln früher als Taschenwärmer genutzt, was natürlich dazu geführt hat, dass immer mal wieder eine verloren ging. Aber dieses Exemplar ist vollständig." Die Freude darüber war Doris deutlich anzusehen.

„Da besitzen Sie ein wundervolles Stück Zeitgeschichte", bestätigte Emilia, was ihre Gastgeberin nickend bestätigte.

„So, genug davon. Setzen Sie sich. Jetzt trinken wir den Wein." Doris hob ihr Glas und prostete ihr zu. „Gibt es einen besonderen Grund für Ihren Besuch?", fragte sie schließlich ganz direkt.

„Ja, tatsächlich mache ich mir Gedanken über die Tote in der Lore in Dagebüll", kam Emilia direkt zum Thema. „Sie hatten die Befürchtung, dass es sich um eine Halligbewohnerin handelt, weil Elke und Enno Jakobs nicht zum Festland gefahren sind. Haben Sie dazu neue Informationen? Wird jemand vermisst?"

Einen Moment lang schien Doris zu zögern. Sie nahm einen weiteren Schluck von dem Wein und wich Emilias Blick aus. Wusste sie etwas, was sie ihrem Feriengast nicht anvertrauen wollte?

Die Krimiautorin überlegte, was das sein könnte, obwohl es natürlich müßig war. Sie beobachtete Doris genau, um ein Gefühl dafür zu bekommen, ob dieser Eindruck richtig war.

Schließlich brach Doris ihr Schweigen. „Nein, diese Befürchtung scheint sich in Wohlgefallen aufgelöst zu haben. Ich habe mit mehreren Familien gesprochen, aber niemand ist verschwunden, auch keiner von den Urlaubern. Es handelt sich bei der toten Frau wohl um jemanden vom Festland."

„Und haben Sie eine Theorie, wie die Lore nach Dagebüll gekommen ist?", fragte Emilia weiter.

Wieder wurde der Blick ihrer Gastgeberin ein wenig glasig. Es schien, als würde ein Bild vor ihrem geistigen Auge entstehen, über das sie jedoch nicht sprechen wollte. „Ich habe keine Ahnung", antwortete sie schließlich und wechselte dann abrupt das Thema: „Haben Sie sich bereits entschieden, was Sie am Silvesterabend machen wollen? Wir geben hier immer eine kleine Party und natürlich sind Sie beide herzlich dazu eingeladen."

„Vielen Dank, das ist wirklich sehr freundlich. Ich werde es mit Piet besprechen, aber wir kommen bestimmt gerne. Wen haben Sie außerdem eingeladen?"

„Nur einige der Nachbarn, Elke und Enno Jakobs sind ebenfalls dabei. Unsere Silvesterpartys sind klein, aber sehr beliebt, es gibt immer was Gutes zu essen", zwinkerte sie Emilia wieder entspannt zu. „Auf jeden Fall können Sie mit einigen von uns Halliglüüd ins Gespräch kommen."

Mats auf der Hallig

Donnerstag, den 29. Dezember

Der Ausflug nach Niebüll hatte enttäuschend geendet. Sowohl Kommissar Grimm als auch Mats sahen in dem Nachbarschaftsstreit mit der anstrengenden Familie kein Mordmotiv.

Nach dem Essen hatten sie die Telefonnummern und Adressen von Oliver Schwennsen und Patrick Wieland in Erfahrung gebracht, aber beide waren nicht zu erreichen. Seltsamer Zufall oder eindeutiger Verdachtsmoment?

Mats war genauso unschlüssig wie demotiviert.

Bisher hatten sie außer zwei Kartons mit diversen Papieren und einem uralten Laptop nichts in der Hand, was sie auf die Spur des Mörders bringen konnte. Und es stand zu befürchten, dass es sich bei diesen Kartons lediglich um Altpapier handelte – oder die Kommissare zumindest nichts fanden, was sie in dem Fall weiterbrachte.

Da sie allerdings beschlossen, den beiden Männern des Mordopfers die schlechte Nachricht nicht auf die Mailbox zu sprechen und ein weiterer Besuch erst am nächsten Tag stattfinden sollte, gab es sonst nichts zu tun. Also nahmen sie sich ergeben jeder einen Karton vor und suchten nach irgendeinem Anhaltspunkt, wer Maren Schwennsen nach dem Leben getrachtet haben könnte.

Mats wühlte sich durch Versicherungsunterlagen, Einkaufszettel, Pizzaquittungen, Telefonrechnungen, Lottoscheine und Werbeprospekte. Die Tote hatte einfach alles völlig unsortiert in den Karton geschmissen. Dabei fiel ihm auf, dass es keine chronologische Sortierung gab. Es wirkte, als sei er vor Kurzem einmal ausgekippt worden. Hatte Maren Schwennsen etwas Bestimmtes gesucht?

„Liegen bei Ihrer Box die aktuelleren Papiere weiter oben oder handelt es sich ebenfalls um ein heilloses Durcheinander?“, fragte er schließlich den Kollegen Grimm.

„Keine Sortierung, weder chronologisch, noch nach einem sonstigen Kriterium“, bestätigte dieser. „Als wäre ein Wirbelsturm durch diesen Karton getobt.“

„Es wirkt so, als hätte sie etwas gesucht“, teilte Mats seine Überlegung.

Grimm blickte auf. „Oder jemand anders.“

„Ein guter Gedanke“, entfuhr es Mats, was den erfahrenen Kollegen zum Grinsen brachte.

„Danke für die Blumen. Ob uns das allerdings weiterbringt, sei dahingestellt“, relativierte Grimm das spontane Lob. „Lassen Sie uns trotzdem den Rest durchgucken. Vielleicht ist das einzig Belastende bereits verschwunden, aber genauso gut kann es sein, dass die vermeintliche Suche überhaupt nicht im Zusammenhang mit dem Mord steht. Wenn wir hier fertig sind, werden wir die Kartons außerdem in die kriminaltechnische Untersuchung geben.“

„Na, die werden begeistert sein!“, grinste Mats. Immerhin heiterte ihn diese Aussicht wieder ein bisschen auf.

Schweigend arbeiteten die Männer weiter. Während Mats sich dem Ende der müßigen Tätigkeit näherte, sank seine Stimmung wieder. Diese ganze Aktion schien die reine Zeitverschwendung zu sein! Aber wo hätten sie sonst ansetzen sollen? Gelangweilt nahm er ein Stück nach dem anderen aus dem Karton, warf einen kurzen Blick drauf, bevor er es auf den Stapel danebenlegte.

Doch plötzlich hielt er in der Bewegung inne. Eine Einladung für einen weihnachtlichen Besuch erregte sein Interesse. Sofort fing sein Herz wild zu pochen an, seine Finger zitterten vor Aufregung. Handelte es sich um eine aktuelle Einladung oder lag sie bereits Jahre zurück? Auf jeden Fall war die Karte nicht vergilbt.

„Haben Sie was gefunden?“, fragte Grimm im gleichen Moment.

Mats bekam keinen Ton heraus.

„Atmen Sie!“, forderte der Kollege ihn auf. „Sie fallen gleich in Ohnmacht. Zeigen Sie mal!“ Grimm griff nach der Karte, was Mats wieder zum Leben erweckte.

Er öffnete sie und las vor:

Liebe Maren,
wahrscheinlich wird diese Einladung dich verwundern, aber ich denke, es ist an der Zeit, unsere Differenzen beizulegen. Aus diesem Grund würden Jasper und ich uns sehr freuen, wenn du am ersten Weihnachtstag zu uns auf die Hallig kommst. Ein Gästezimmer steht für dich bereit.
Herzliche Grüße
Wiebke

Bitte gib uns bis zum 15. Dezember Bescheid, ob du unserer Einladung folgen möchtest.

„Das kann kein Zufall sein!“, echauffierte sich Grimm sofort. „Maren Schwennsen hatte eine Einladung, auf die Hallig zu kommen – am ersten Weihnachtstag! Jede Wette, dass es sich dabei um Langeneß handelt. Der Leichenfund in der Lore steht sicherlich damit in Zusammenhang.“

„Ja, oder Oland“, murmelte Mats. „Ob es sich bei dieser Wiebke um die Schwester der Toten handelt? Aber die müsste sie längst als vermisst gemeldet haben.“

„Nicht, wenn es nicht gelungen ist, die Differenzen beizulegen.“ Grimm tippte mit seinem behandschuhten Finger auf die Karte. „Gucken Sie mal, ob der Briefumschlag zu der Karte ebenfalls in dem Karton liegt. Da steht bestimmt der Nachname von Wiebke und Jasper drauf. Ich checke parallel die Meldeverzeichnisse der beiden Halligen. Dabei handelt es sich um eine überschaubare Anzahl.“

„Das ist ja ein Ding!“ Mats konnte es gar nicht fassen. Wie gut, dass sie sich die Mühe mit den Kartons gemacht hatten.

Er war kurz davor gewesen, aufzugeben. „Nee, den Umschlag hat sie wohl tatsächlich mal weggeworfen.“

„Macht nichts, ich habe sie schon: Wiebke und Jasper Peters, wohnhaft auf Langeneß. Tja, und nun raten Sie mal, wie Maren vor ihrer Eheschließung mit Nachnamen hieß.“

„Peters?“, fragte Mats und zog dabei die Silben in die Länge.

„Sie Spürnase!“, bestätigte Grimm.

„Das ist ja überhaupt nicht logisch. Dann müsste Maren ja die Schwester von Jasper sein“, widersprach Mats.

„Nur bei einer klassischen Rollenverteilung“, erklärte Grimm triumphierend. „Offensichtlich hat aber die dominante Wiebke nicht den Namen ihres Mannes angenommen, sondern umgekehrt.“

„Na, dann“, gab Mats sich geschlagen.

„Ich besorge uns eine Überfahrt mit dem Polizeiboot des Küstenschutzes. Wir müssen auf die Hallig!“

Für den Mittwoch ließ sich die Überfahrt nicht mehr organisieren, da die Polizeiboote im Einsatz waren. Auch die Fähre von Schüttsiel hätte sie erst am Abend nach Langeneß gebracht, also vertagten die Kommissare die Ermittlung auf der Hallig auf den Folgetag. Es schien unwahrscheinlich, dass die Schwester und der Schwager des Mordopfers plötzlich verschwinden würden, scheinbar wussten sie nicht einmal, was passiert war, sonst hätten sie sich schließlich bei der Polizei gemeldet.

Schließlich kam Mats ein anderer Gedanke: Auch wenn sie sofort davon ausgegangen waren, stand es nicht fest, ob Maren Schwennsen die Einladung ihrer Schwester überhaupt angenommen hatte. Vielleicht hatte sie nicht an eine Beilegung der Differenzen geglaubt, woraus die auch immer bestanden. Oder sie wollte sich nicht das Weihnachtsfest verderben, wenn es statt einer Versöhnung doch nur wieder Streit gab.

Hatte Maren Schwennsen die Einladung ausgeschlagen und es am Weihnachtstag bedauert? War sie nach Dagebüll gefahren, um ihrer Schwester mit einem Spaziergang auf dem Deich näher zu sein? Wirklich schlüssig klang das nicht, trotzdem war diese Variante möglich. Vielleicht war ein willkürlicher Raubmord tatsächlich nur ein dummer Zufall gewesen, der sie an eine Verbindung mit der Hallig glauben ließ, weil der Täter sein Opfer in die Lore gesetzt hatte.

„Fünf Pfennig für Ihre Gedanken“, holte Grimm ihn auf das Boot des Küstenschutzes zurück.

„Cent“, korrigierte Mats automatisch.

„Was?“

„Mehr als fünf Cent sind Ihnen meine Überlegungen nicht wert?“, fragte der Jüngere stattdessen.

„Hhm. Nur wenn sie sich um unseren Fall drehen“, antwortete Grimm lakonisch.

„Sind Sie davon überzeugt, dass Maren Schwennsen die Einladung ihrer Schwester wirklich angenommen hat? Das Ganze könnte genauso ein dummer Zufall sein“, weihte Mats den Kollegen in seine Gedanken ein.

„Sommerfeld, ich mache diesen Job jetzt über dreißig Jahre ...“

Mats versuchte, das Augenrollen zu unterdrücken.

„Sie haben mich gefragt, nun reißen Sie sich zusammen. Also, in meinen dreißig Berufsjahren als Kriminalkommissar ... was glauben Sie, wie oft mir der Kollege Zufall untergekommen ist?“

„Wie genau wollen Sie es wissen?“, witzelte Mats. „Also, gut, wenn Sie so fragen, vermutlich äußerst selten.“

„So ist es. Ich gehe jede Wette ein, dass Maren Schwennsen am ersten Weihnachtstag auf die Hallig gekommen ist. Ihr Auto steht in Dagebüll. Vermutlich hat die Schwester oder der Schwager sie dort mit einer Lore abgeholt. Bei der geplanten Versöhnung ist irgendwas schiefgelaufen. Aber das werden wir sicher gleich in Erfahrung bringen.“ Grimm reckte sich, um einen besseren Blick auf den kleinen Hafen von Langeneß zu erhaschen, der sich an der südwestlichen Spitze der Hallig befand.

„Wir bedanken uns für die schnelle unbürokratische Amtshilfe“, verabschiedete er sich bei dem Kollegen, als sie das Schiff verließen.

„Immer gerne. Meldet euch, wenn Ihr wieder aufs Festland wollt. Wir planen euch dann so schnell wie möglich ein.“

„Das wissen wir zu schätzen. Ihr habt was gut bei uns“, parierte Grimm.

Mats hatte den Kommissaren zwei Fahrräder zum Hafen organisiert, so dass sie von dort aus direkt mobil waren.

„Sie haben uns tatsächlich eBikes bestellt?“, entgegnete der ältere Kollege erstaunt. „Sie zweifeln wohl an meiner Fitness.“

Genau das war Mats´ Überlegung gewesen, aber er wollte Grimm jetzt nicht verstimmen. So freundlich und entspannt wie in den letzten Tagen war er bisher noch nie gewesen. „Ich dachte, wir können unsere Kräfte sinnvoller einsetzen, als gegen den Wind zu radeln, aber wenn Sie sich damit alt fühlen, kann ich Ihren Akku einfach entfernen.“ Diese kleine Spitze konnte er sich nicht verkneifen.

„Sie glauben langsam, sich jede Frechheit erlauben zu können, aber bald weht hier wieder ein anderer Wind“, versuchte Grimm mit Strenge seine Autorität wieder herzustellen, aber Mats nahm ihm das nicht ab.

„Genau das ist mein Reden“, setzte er nach, bevor er das Thema wechselte: „Kommen Sie, die Adresse von Wiebke und Jasper Peters haben wir. Statten wir denen als erste Aktion einen Überraschungsbesuch ab. Mal schauen, wie sie reagieren.“

„Ja, bedenken Sie aber, dass es sich bei dem Opfer um die Schwester handelt. Wir können die Eheleute nicht vorverurteilen. Vielleicht wird es für sie ein Schock, über ihren Tod informiert zu werden.“

Weihnachten hatte den grimmigen Grimm in einen zahmen Grimm verwandelt, so viel stand fest. Mats war gespannt, wie lange dieser Zustand anhalten würde.

„Von einem Schock würde ich nicht ausgehen, wenn es offensichtlich Differenzen gab. Hörte sich so an, als hätten sie länger keinen Kontakt gehabt. Der Ladenbesitzer Peer Lindholm hat die Schwester jedenfalls nicht einmal erwähnt und bei ihm scheint Maren Schwennsen sich ziemlich häufig aufgehalten und die Zeit im Schnack vertrieben zu haben. Aber ich weiß, was Sie meinen“, ergänzte er, als Grimm zum Widerspruch ansetzte. „Ganz schön windig heute“, fügte er mit einem Augenzwinkern hinzu und schaltete den Motor auf volle Leistung. Dazu trat er ordentlich in die Pedale und vergrößerte damit schnell seinen Abstand zu dem Kollegen. Es machte wirklich Spaß, den Älteren ein wenig zu foppen.

Schneller als erwartet erreichten die Kommissare die Warft auf der Wiebke und Jasper Peters wohnten. Ihr Anwesen machte einen sehr gepflegten Eindruck, offensichtlich wurde hier viel Zeit und Energie in die Instandsetzung gesteckt. Neben dem Wohnhaus befand sich ein Gebäude, das wohl gewerblich genutzt wurde. Mats konnte von außen nicht erkennen, wofür, tippte jedoch auf eine Tischlerei mit kleiner, flach gebauter Lagerhalle oder etwas in dieser Art. Um einen Stall schien es sich nicht zu handeln.

Erstaunlicherweise gab es nur ein Wohnhaus auf dieser Warft, die nächsten Nachbarn waren also relativ weit entfernt. Gut möglich, dass Maren Schwennsen am ersten Weihnachtstag auf die Hallig gekommen war und niemand außer den Eheleuten davon Kenntnis genommen hatte. War Wiebke Peters für den Tod ihrer Schwester verantwortlich? Mats nahm sich vor, die beiden bei der Befragung genau zu beobachten.

Nun war er gespannt, wie sie überhaupt auf das Eintreffen der Polizei reagierten. Beherzt griff er nach dem Türklopfer, der statt einer Klingel das Eintreffen von Besuchern ankündigte. Obwohl ein Auto auf dem Hofplatz stand, passierte spontan nichts. Mats wechselte mit dem Kollegen Grimm einen Blick. Auf dessen Nicken betätigte er den Türklopfer erneut. Endlich schien sich im Haus etwas zu rühren.

Eine Frau, die Mats auf Mitte bis Ende vierzig schätzte, öffnete schließlich die Tür. Sie hatte eine Schürze umgebunden, ihre Haare standen ihr wirr um den Kopf. Sie schien zu schwitzen, wischte sich mit dem Unterarm über die Stirn.

„Na, Sie haben ein tolles Timing", fuhr sie die verdutzten Kommissare an. „Ist es wichtig? Wir braten gerade Heringe für den Silvesterabend, im Grunde passt es gerade überhaupt nicht."

Grimm reagierte als Erster: „Bitte entschuldigen Sie die Störung. Leider ist es tatsächlich wichtig." Er zog seinen Ausweis aus der Tasche und hielt ihn der Frau hin. „Kommissar Volker Grimm, das ist mein Kollege Mats Sommerfeld. Sind Sie Wiebke Peters? Wir müssen Sie sprechen."

Sie nahm ihm den Ausweis aus der Hand. „Ja, sicher, wer soll ich sonst sein? Sie kommen ganz aus Husum hierher? Na, dann muss es ja wohl wirklich wichtig sein."

„Das ist es. Dürfen wir hereinkommen?", fragte Grimm.

„Worum geht es?", fragte Wiebke Peters.

„Es geht um Ihre Schwester."

„Um Maren? Was ist mit ihr?" Ein kurzes Erschrecken zeigte sich auf ihrem Gesicht, dann hatte sie sich wieder unter Kontrolle.

„Wir würden das gerne in Ruhe besprechen. Dürfen wir nun hereinkommen?", wiederholte Grimm seine Frage.

Ergeben ließ Wiebke Peters die ungebetenen Besucher ins Haus. „Sie müssen allerdings in der Küche Platz nehmen und einen Moment warten. Ich will eben die letzten Heringe in die Pfanne schmeißen, sonst fange ich nachher wieder von vorne an."

Schon als sie den etwas düsteren Flur betraten, waberte ihnen ein intensiver Fischgeruch entgegen. Grimm schien es nichts auszumachen, aber Mats rümpfte unwillkürlich die Nase, schob die Empfindung aber beiseite, um sich auf Wiebke Peters zu konzentrieren. Das Auftauchen der Polizei schien sie zumindest nicht in Aufregung zu versetzen. Bis auf den kurzen Schreckmoment der Erwähnung ihrer

Schwester schien sie am Gelingen ihres Bratfisches mehr interessiert zu sein, als an den Informationen der Kommissare. Aber vielleicht hatte sie sich auf diesen Moment vorbereitet. Nun war Mats neugierig, ob ihr Mann ebenfalls so abgebrüht war. Oder befand sich in der Küche eine andere Person, die mit Wiebke Peters die Fische briet?

„Jasper, die Herren kommen von der Polizei und wollen uns etwas über Maren vertelln“, unterrichtete sie ihren Mann, als sie den Raum betraten, der erstaunlich hell und freundlich war.

Mats verschlug es trotzdem dem Atem. So einen heftigen Fischgeruch hatte er bisher nie erlebt. Nur mühsam konnte er sich beherrschen, nicht sofort zum Fenster zu stürzen und es aufzureißen.

„Aha“, kommentierte Jasper Peters die Aussage seiner Frau. Er schien deutlich älter zu sein, vielleicht täuschte der voluminöse Bart aber auch. „Moin!“, war alles, was er in ihre Richtung sagte, bevor er sich wieder auf die Pfannen konzentrierte.

„Setzen Sie sich! Wollen Sie einen Tee?“, fragte Wiebke Peters und drehte zwei Pötte um, die in der Mitte des Tisches standen. „Bedienen Sie sich, ich habe ihn erst vor zehn Minuten aufgebrüht. Wir sind gleich bei Ihnen.“

Während des Wartens fragte sich Mats unwillkürlich, was sie damit bezweckte. Schnell wurde deutlich, dass einer allein die Arbeit hätte beenden können. Aber vielleicht wollte Wiebke Peters in dem Gespräch mit der Polizei einfach gerne die Unterstützung ihres Mannes haben.

Endlich war es soweit. Jasper Peters schaltete den Herd aus, öffnete ein Fenster und beide nahmen am Tisch Platz.

„So, nun erzählen Sie mal“, forderte sie die Kommissare auf. „Was ist mit Maren?“

„Frau Peters, wir müssen Sie leider über den Tod Ihrer Schwester informieren“, begann Grimm das Gespräch.

„Maren ist tot?“, fragte sie erschrocken. „Hatte sie einen Unfall?“

„Wie kommen Sie darauf?“, hakte Grimm sofort nach.

„Ich weiß nicht, war bloß eine Vermutung“, flüsterte Wiebke Peters und warf ihrem Mann einen Blick zu, den Mats nicht deuten konnte. Jasper griff nach der Hand seiner Frau und drückte sie.

„Nein, es handelt sich nicht um einen Unfall. Maren Schwennsen ist einem Kapitalverbrechen zum Opfer gefallen“, stellte Grimm klar.

„Einem Kapitalverbrechen?“, wiederholte sie ungläubig.

„Ja. Unseres Wissens nach haben Sie Ihre Schwester für den ersten Weihnachtstag hierher eingeladen“, stieg er in die Befragung ein.

„Woher wissen Sie das?“, fragte Wiebke Peters irritiert.

Grimm erklärte es ihr. „Hat sie die Einladung angenommen?“

Die Eheleute wechselten einen weiteren Blick. Schließlich übernahm Jasper das Antworten: „Nein, das hat sie nicht.“

„Warum nicht?“, wollte Grimm sofort wissen.

„Sie hat es nicht begründet. Vermutlich war sie bereits anderweitig verplant.“

„Worin bestanden Ihre Differenzen?“

„Ich glaube kaum, dass Sie das etwas angeht, Herr Kommissar. Dabei handelt es sich um eine Privatangelegenheit, die mit dem Vorfall nichts zu tun hat“, echauffierte sich Wiebke Peters.

„Mit dem Vorfall?“, fragte Grimm, indem er jedes Wort betonte. „Sie nennen den Mord an Ihrer Schwester einen Vorfall?“

Sie zuckte zusammen. „Mord?! Bitte entschuldigen Sie. Ich fürchte, ich bin zu schockiert, um das wirklich zu begreifen. Sie ist wirklich ermordet worden? Wie denn? Und wo?“

Grimm fasste die Fakten knapp zusammen. „Bleiben Sie bei Ihrer Aussage, am letzten Sonntag keinen Besuch von Ihrer Schwester bekommen zu haben?“

„Wollen Sie mich etwa der Lüge bezichtigen?“, hielt sie dagegen.

„Nein, bestimmt nicht. Trotzdem müssen wir das Umfeld der Toten recherchieren. Auch wenn Sie nicht gerne über Ihre Probleme mit uns reden wollen, sind sie nun Teil der Ermittlung. Wir können das hier erledigen, oder Sie begleiten uns aufs Revier nach Husum.“

Grimms Drohung verfehlte ihre Wirkung nicht.

„Also gut“, gab Wiebke Peters schließlich nach und schenkte sich selbst eine große Tasse Tee ein. Sie rührte mit Hingabe zwei gut gehäufte Löffel braunen Kandis hinein. Vermutlich brauchte sie einen Moment, um ihre Gedanken zu sortieren. Schließlich erzählte sie die Geschichte der Schwestern: „Maren und ich waren als Kinder immer ein Herz und eine Seele. Wir sind in diesem Haus aufgewachsen und haben das Leben auf der Hallig geliebt. Als wir älter wurden, änderte sich das leider. Um eine qualitative Ausbildung zu absolvieren, sind wir beide aufs Festland gezogen. Danach war alles anders. Maren wollte nicht mehr nach Langeneß zurückkehren. Sie träumte vom Reisen in ferne Länder und von einer großen Karriere als Fotografin.“

„Davon haben wir bereits gehört. Den Durchbruch hat sie augenscheinlich nicht geschafft, aber warum sind Sie beide deswegen zerstritten? Haben Sie ihr übelgenommen, dass ihr die Halligwelt zu eng geworden war?“, fragte Grimm in sachlichem Tonfall.

„Nein, so simpel bin ich nicht gestrickt, Herr Kommissar. Natürlich wäre es schön gewesen, Maren wieder auf Dauer hier zu haben, aber natürlich muss jeder sein eigenes Leben führen.“ Sie legte eine Pause ein und rührte weiter in ihrem Tee.

Mats hätte gerne nachgehakt, ließ ihr aber die Zeit, die sie brauchte.

„Seit sie auf dem Festland lebte und ich nach Hause zurückkehrte, kühlte sich unser Verhältnis ohne besonderen Grund merklich ab. Wir lebten einfach in unterschiedlichen Welten, hatten unterschiedliche Ziele und Lebensauffassungen.“ Sie stockte. „Zum offenen Konflikt kam es, als unsere Eltern starben. Erst unser Vater und nur vier Monate später unsere Mutter. Sie wollte ohne ihn nicht leben und hat sich ...“

Wieder drückte Jasper Peters seiner Frau die Hand. „Ist es wirklich nötig, diese alten Geschichten ans Tageslicht zu zerren?“, erboste er sich. „Sie sehen doch, wie sehr es meine Frau mitnimmt.“

„Herr Peters, wir ermitteln in einem Mordfall. Da ist der familiäre Hintergrund wichtig, insbesondere wenn es Konflikte gab“, erklärte Grimm das Vorgehen, ohne seine Miene zu verziehen.

„Schon gut, Jasper. Ich schaffe das“, erklärte Wiebke Peters ihrem Mann und wandte sich schließlich wieder an Grimm. „Maren wollte hier alles verkaufen oder zumindest ausgezahlt werden, aber das habe ich verweigert. Meine

Eltern haben testamentarisch festgelegt, dass wir einem Verkauf gemeinsam zustimmen müssen. Gleichzeitig haben wir beide ein lebenslanges Wohnrecht. Das könnte sie nutzen. Einen Kredit in Höhe des halben Wertes aufzunehmen, hätte meine Möglichkeiten überstiegen. Im Nächsten Schritt wollte sie hunderttausend Euro, aber auch das habe ich abgelehnt."

„Warum?", fragte Grimm.

„Weil Maren nicht mit Geld umgehen konnte. Das war immer so. Selbst eine Summe in dieser Größenordnung hätte sie in kürzester Zeit durchgebracht und dann wieder auf der Matte gestanden. Das wäre ein Fass ohne Boden geworden. Nein! Dieses Anwesen ist schuldenfrei und das soll es bleiben. Hier gibt es genug Platz im Haus, sie hätte wieder einziehen können. Besser als ihre verschimmelte Bude in Niebüll wäre es allemal gewesen."

„Aber sie wollte nicht auf die Hallig zurück", fasste Grimm zusammen.

Wiebke Peters nickte.

„Und was wollten Sie ihr nun anbieten? Wie gedachten Sie, die Differenzen beizulegen?", übernahm Mats, weil ihn diese Frage bereits die ganze Zeit beschäftigte. Das konnte der zentrale Punkt sein!

„Ich hatte keinen konkreten Plan, sondern wollte einfach wieder mit meiner Schwester ins Gespräch kommen – und Frieden schließen. Wir haben beide keine Kinder. Es gibt also nur uns. Das ist kein schöner Zustand, so im Streit zu leben."

„Hat Maren abgesagt, nachdem sie ihr das genauso erklärt haben?", fragte Mats weiter.

„Ja, so in der Art. Anfangs hat sie wohl geglaubt, ich hätte meine Meinung geändert und es würde doch Geld für sie dabei herausspringen. Als sie hörte, dass ich nur reden wollte, hat sie mich ausgelacht. Vom ewigen Labern würde sie schließlich nicht satt werden. So hat sie es ausgedrückt." Wiebke Peters schlug die Hände vors Gesicht. „Und nun ist sie tot! Wie konnte das bloß passieren?", jammerte sie.

Mats fragte sich unwillkürlich, ob dieser Schmerz echt war oder sie gerade einer bühnenreifen Vorstellung beiwohnten.

Jasper Peters tätschelte seiner Frau etwas unbeholfen den Rücken und sagte halblaut: „Du brauchst dir keine Vorwürfe zu machen, meine Liebe. Du hast es immerhin versucht und Maren war schon immer eigen." Die beiden waren sich also einig.

Nun mussten die Kommissare herausfinden, ob ihnen hier gerade eine Lüge aufgetischt wurde und die Eheleute Peters etwas mit dem Tod von Maren Schwennsen zu tun hatten. Mats war davon überzeugt, hier keine weiteren zielführenden Informationen zu erhalten. Er musste jemanden finden, der bezeugen konnte, dass Maren Schwennsen auf die Hallig gekommen war, sonst würde es bestimmt sehr schwierig werden, Wiebke und Jasper Peters zu überführen – wenn sie überhaupt die Täter waren.

Aber wer war am ersten Weihnachtstag bei diesen frostigen Temperaturen und dem fiesen Ostwind auf der Hallig unterwegs gewesen und hatte die Schwester gesehen? Oder vielleicht sogar den Mord beobachtet? Die Chancen, einen derartigen Zeugen zu finden, standen schlecht. Und da war noch ein Punkt, der Mats Kopfzerbrechen bereitete: Würden die Halliglüüd gegenüber der Polizei aufgeschlossen sein und ihre Beobachtung zu Protokoll geben oder würde er mit einer Mauer aus Schweigen konfrontiert werden?

Emilia und Piet Anderson kamen ihm in den Sinn. War es vielleicht eine Möglichkeit, die beiden um inoffizielle Hilfe zu bitten? Vermutlich würden sie Silvester an einer Veranstaltung teilnehmen, auf der sie mit zahlreichen Menschen ganz zwanglos ins Schnacken kamen. Einige kannten vielleicht sogar ihre Kriminalromane und fühlten sich gebauchpinselt, wenn ein erfolgreiches Schriftstellerehepaar aus dem Norden sich dafür interessierte, was sie zu sagen hatten. Sollte er Grimm diesen Vorschlag unterbreiten?

Emilia auf Langeneß

Freitag, den 30. Dezember

„Du glaubst nicht, wer gerade angerufen hat!“, begrüßte Emilia ihren Piet ungeduldig, als er von seinem Spaziergang in die Ferienwohnung zurückkehrte. Sie selbst hatte bei dem böigen Wind nichts rausgelockt, weil sie bereits den ganzen Tag von innen heraus fröstelte. Er dagegen hatte sich Zeit gelassen und Emilia konnte es kaum erwarten, ihm die Neuigkeiten zu berichten.

„Boah, lass mich erst mal reinkommen“, lachte Piet. „Da draußen weht heute eine steife Brise. Das hat richtig gutgetan, aber jetzt brauche ich dringend eine Tasse heißen

Tee. Oh, im Kaminofen brennt ein Feuer! Herrlich, das hatte ich gehofft."

„Tee ist ebenfalls fertig. Nun setz dich und rate, wer mich eben angerufen hat", lenkte sie seine Aufmerksamkeit zurück auf ihr Anliegen.

„Okay, unser Verleger ist begeistert von unserem neuen Manuskript und schickt den Vertrag", mutmaßte Piet.

„Wäre ich da dermaßen aus dem Häuschen?"

„Hhm, dann hat er die Filmrechte eines unserer Romane verkauft?", startete er einen zweiten Versuch.

„Nein, damit hat es nichts zu tun."

„Vielleicht solltest du es mir einfach erzählen, bevor du gleich platzt, während ich weiter im Nebel stochere", schlug er mit einem Schmunzeln vor.

Sie legte eine künstlerische Pause ein, um die Spannung weiter zu erhöhen, und antwortete schließlich triumphierend: „Mats Sommerfeld!"

„Der junge Kommissar von der Husumer Polizei? Kommt er ohne dich nicht klar und hat deine Hilfe angefordert?", fragte Piet in lästerlichem Tonfall.

„So ist es!", bestätigte Emilia.

„Du veräppelst mich!"

„Nein! Ernsthaft. Am besten erzähle ich es dir von Anfang an, sonst glaubst du mir ja doch nicht. Also, hör zu: Die Kommissare wissen jetzt, um wen es sich bei der Toten handelt."

Piet staunte, als ihm Emilia die weiteren Einzelheiten der laufenden Ermittlung berichtete.

„Sie wohnt auf dem Festland, kommt aber ursprünglich von der Hallig und war bei ihrer Schwester eingeladen? Dann ist ja alles wieder offen. Sie kann sowohl hier als auch in Dagebüll getötet worden sein. Was glauben denn die Kommissare?", fragte er interessiert.

„Was die glauben, ist ja nebensächlich ..."

„Ui, wissen sie, wie du über sie denkst?", frotzelte Piet.

„Ach, so meine ich das nicht. Es geht ja nicht um Glauben, sondern um Fakten", verteidigte sich Emilia.

„Hört, hört."

„Nun lass mal das Herumgekasper, es handelt sich schließlich um einen Mordfall."

„Glauben die Kommissare der Schwester und dem Schwager?", konkretisierte Piet seine Frage.

„Mats war sich nicht sicher. Beide erzählen die gleiche Geschichte."

„Was trotzdem gelogen sein kann."

„Genau. Mats würde gerne deren Haus durchsuchen; vermutet aber, dass der Richter dem Durchsuchungsbeschluss aufgrund dieses mageren Verdachts nicht zustimmt", erklärte Emilia.

„Ich hoffe, er hat nicht dich gebeten, das selbst zu übernehmen", sprach Piet seine Befürchtung aus.

„Nein, natürlich nicht. Ich soll lediglich versuchen, Doris weiter auszuhorchen und darüber hinaus morgen Abend bei der Party mit einigen Einheimischen ins Gespräch zu kommen, um vielleicht einen Zeugen für den besagten Nachmittag oder Abend zu finden."

„Warum macht er das nicht selbst?" Piet schien wenig begeistert.

„Sie haben es versucht, aber die Halliglüüd sind verschlossen und haben ihnen die Tür vor der Nase zugeknallt."

„Da war Kommissar Grimm bestimmt begeistert."

„Gefreut haben sie sich beide nicht. Sie fahren aber heute Abend zurück aufs Festland, um dort weitere Spuren zu verfolgen und Befragungen durchzuführen. Und da komme ich ins Spiel.“ Emilia ärgerte sich über den Stolz in ihrer Stimme. Der würde Piet bestimmt gleich für den nächsten Scherz auf ihre Kosten herausfordern, aber er bedachte sie lediglich mit einem seiner langen Blicke.

„Was? Sag einfach, was du denkst! Mit diesem Schweigen kann ich nichts anfangen, das brauchst du dir nicht anzugewöhnen.“

„Hast du Mats Sommerfeld von deiner seltsamen Begegnung mit der Nachbarin erzählt?“, fragte er stattdessen.

„Nein, das habe ich in der Aufregung vergessen“, musste sie zugeben.

„Dann ruf ihn am besten gleich noch einmal an. Wenn er nach wie vor auf der Hallig weilt, kann er ihr einen Besuch abstatten. Die hat sich nun wirklich verdächtig benommen.“

„Na ja, wirklich verdächtig fand ich ihr Verhalten nicht. Sie war eben unfreundlich. Letzten Endes kann ich verstehen, dass es sie nicht begeistert, wenn ständig Feriengäste über ihren Hof latschen. Verdächtig wird es ja bloß im Zusammenhang mit der Lore. Wenn die aber am Lorenbahnhof stand, kann jeder sie benutzt haben – auch Wiebke Peters, um ihre Schwester zum Festland zu bringen, nachdem sie sie getötet hat.“

„Und wie ist sie selbst zurückgekommen?“, fragte Piet.

„Ihr Mann kann mit einer zweiten Lore hinterhergefahren sein“, spekulierte Emilia.

„Hhm, das klingt abwegig. Warum dieser Aufwand? Diese Frage haben wir uns schon gestellt und uns gefragt, warum die Tote nicht einfach ins Meer geworfen wurde.“

„Ja, aber das wurde sie eben nicht. Der Mörder – oder die Mörderin – hat sie in die Lore gesetzt. Die Frage ist nur: Wo und warum?“

„Und das willst du herausbekommen, indem du ein wenig mit den Gästen auf der Silvesterparty plauderst?“ Piet schien verstimmt.

„Ja. Allerdings werde ich vorher versuchen, mehr über die Schwestern zu erfahren. Unsere Doris kann mir bestimmt einiges über die beiden berichten. Immerhin sind alle drei Frauen auf Langeneß aufgewachsen. Vielleicht ist sie mit einer von ihnen, oder sogar mit beiden befreundet gewesen. Das will ich zuerst herausbekommen. Im Anschluss können wir einen Plan schmieden, wie wir morgen vorgehen.“ Emilia ließ sich von Piet nicht in ihrem Enthusiasmus bremsen.

„Du weißt nicht einmal, wer morgen Abend alles kommt“, maulte er weiter, was eigentlich nicht seine Art war. Er schien sich wirklich Sorgen zu machen.

„Das sehen wir ja dann. Nun genieß deinen Tee. Mitten auf einer Party wird mir schon keiner zu nahe kommen.“

Doris wirbelte in ihrer Küche und war hocherfreut, als Emilia vorsichtig anklopfte.

„Kommen Sie herein, meine Liebe. Sind Sie heute gar nicht unterwegs?“

„Nein, heute habe ich mir einen Ruhetag zum Lesen verordnet. Piet hat sich aber in den schneidenden Wind gewagt.“

„Haben Sie ein Anliegen oder genug von der Ruhe?“, fragte Doris mit einem Augenzwinkern. „Ich könnte ein bisschen Unterstützung gebrauchen. Es ist jedes Jahr das Gleiche. Nils wird wieder schimpfen, weil ich mir viel zu viel Arbeit mache, aber ich liebe es einfach, das Jahr mit Freunden und Bekannten bei einem rauschenden Fest zu verabschieden. Dazu gehört für mich eben auch gutes Essen. Mein Silvesterbuffet ist legendär und natürlich will ich niemanden enttäuschen."

„Aber die letzten Tage artet es in echte Arbeit aus", ergänzte Emilia.

„Sie sagen es."

„Ich helfe Ihnen gerne. Sagen Sie mir einfach, was ich machen soll."

Nachdem Doris Emilia eine Aufgabe zugeteilt hatte, arbeiteten die Frauen eine Weile schweigend. Die Schriftstellerin überlegte, wie sie das Gespräch am besten auf die Schwestern Maren und Wiebke lenken konnte. Schließlich sprach sie es ganz direkt an.

„Stellen Sie sich vor, die Polizei war heute auf Langeneß. Sie haben die Identität der Toten festgestellt."

Doris guckte von der Melone auf, die sie gerade in gleichmäßige Stücke schnitt, um diese anschließend in Schinken einzuwickeln. „Tatsächlich? Und die haben Sie informiert?"

Emilia lächelte verlegen. „Ja, wissen Sie, ich war im September in einen Fall persönlich involviert. Außerdem ist der junge Kommissar ein Fan von Emily, also von unseren Romanen. So ist der Kontakt entstanden."

Ihre Gastgeberin nickte. „Und wer ist es? Etwa jemand von hier?"

„Ja und nein. Es handelt sich um Maren Schwennsen."

„Maren?" Vor Schreck ließ Doris das Messer fallen. „Sind Sie sicher?"

Doris fing an zu taumeln und Emilia eilte zu ihr.

„Setzen Sie sich einen Moment. Soll ich Ihnen ein Glas Wasser bringen?"

„Ein Schnaps wäre mir lieber", krächzte Doris und zeigte auf einen der Küchenschränke. „Kommen Sie, wir gönnen uns eine Pause", forderte sie Emilia auf. Nachdem sie einen zweiten Klaren getrunken hatte, schob sie die Flasche weg und guckte ihrem Gast direkt in die Augen. „Maren und ich waren befreundet - früher ganz dicke. Seit sie auf dem Festland wohnte, haben wir uns etwas aus den Augen verloren. Allerdings lag das weniger an der räumlichen Distanz, denn weit ist es ja nicht nach Niebüll, sondern an ihrer Unzufriedenheit. Sie wurde dadurch streitsüchtig, was nicht leicht zu ertragen war. Schließlich habe ich mich immer weiter zurückgezogen." Beschämt legte sie eine Pause ein und senkte den Blick. „Vielleicht hat sie meine Hilfe gebraucht und ich war nicht für sie da!", murmelte sie schließlich.

Emilia war betroffen. Einen Augenblick wusste sie nicht, was sie sagen sollte. Alles, was ihr durch den Kopf ging, hätte sich wie eine leere Phrase angehört. Also blieb sie einfach schweigend bei Doris sitzen.

„Wissen Sie, Emilia", führte diese schließlich stockend weiter aus. „Nach außen wirkte es so, als sei Maren die Schwierige der beiden Schwestern, aber genau genommen war es umgekehrt."

„Wollen Sie mir mehr darüber erzählen?", fragte Emilia sanft. Obwohl das genau das war, was sie mit dem Besuch bei ihrer Vermieterin erreichen wollte, trat das Interesse im Hinblick auf den Mordfall ein wenig in den Hintergrund. Doris schien sich zu quälen. Vielleicht würde es sie erleichtern, darüber zu reden.

„Wiebke ist fünf Jahre älter als Maren. Ich glaube, sie war vom Tag ihrer Geburt eifersüchtig auf die kleine Schwester. Bis dahin war sie die alleinige Prinzessin, die die gesamte Aufmerksamkeit der Eltern, Großeltern sowie Tanten und Onkel für sich alleine hatte. Jeder Wunsch wurde ihr erfüllt – bis sie Konkurrenz bekam. Jedenfalls war das mein Eindruck, der sich über die Jahre weiter verfestigt hat. Sie hat Maren von Anfang an dominiert und ihr klar gemacht, wer das Sagen hat. Dabei ist sie wirklich sehr geschickt vorgegangen, denn den Erwachsenen gegenüber hat sie sich als Beschützerin der kleinen Schwester aufgespielt, was ihr stets große Sympathien einbrachte."

„Niemand hat ihr perfides Spiel durchschaut?", fragte Emilia überrascht.

„Nein, wie gesagt, sie ist sehr subtil vorgegangen. Man musste nah an den beiden dran sein und ihr Miteinander genau beobachten, um es zu verstehen. Wiebke wusste grundsätzlich alles besser; und hat insbesondere Maren wenig Raum für eigene Ideen und Entwicklungen gelassen", erklärte Doris.

„Aber die Eltern waren doch sehr nah dran, haben die sich nicht daran gestört und entgegengewirkt?", warf Emilia ein.

„Ach, die waren immer sehr beschäftigt. Wissen Sie, meine Liebe, das Leben auf der Hallig ist hart. Manche fragen sich vielleicht, was wir auf so einem kleinen Fleckchen Erde den ganzen Tag so treiben, aber die Arbeit hört nie auf. Die Eltern waren froh, dass sich Wiebke so rührend um Maren kümmerte, nachdem sie aus dem Gröbsten raus war. Sie haben das einfach nicht wahrgenommen."

„Und Maren hat sich nicht dagegen gewehrt?", wollte Emilia wissen.

„Als kleines Mädchen war sie eher schüchtern. Ich glaube, sie hat es genossen, von der großen Schwester beschützt zu werden. Maren hat es nicht als belastend empfunden, stets den Willen und Wiebkes Vorstellungen aufgedrückt zu bekommen. Es bedeutete für sie maximale Aufmerksamkeit. Wie sehr sie manipuliert wurde und im Grunde regelrecht fremdbestimmt lebte, hat sie erst begriffen, als sie für die Ausbildung aufs Festland gegangen war. Da sie eine Lehre bei einem Fotografen machte, während Wiebke sich zur Goldschmiedin ausbilden ließ, haben sie zum ersten Mal in ihrem Leben viel Zeit getrennt verbracht. Maren lernte andere Leute kennen und dabei auch sich selbst und ihre Bedürfnisse. Sie traf eigene Entscheidungen und fand ihren Weg. Das betraf banale Dinge wie Mode, aber genauso wichtige Aspekte wie Partnerwahl und so.“

„Wie hat Wiebke auf diese Abnabelung reagiert?“

„Anfangs überhaupt nicht. Maren war in Niebüll, Wiebke in Husum. Sie sahen sich selten und bauten sich unabhängig beide ein neues Umfeld auf. Für Wiebke stand es jedoch von Anfang an fest, nach Abschluss der Ausbildung wieder nach Langeneß zurückzukehren. Sie war erbost, als Maren das ablehnte. Aber was sollte sie als Fotografin hier auf der Hallig?“

„Ja, da sind die Möglichkeiten wohl sehr eingeschränkt. Hat Maren bewusst diesen Beruf ausgesucht, um sich von Wiebkes übergriffigem Verhalten zu lösen?“, fragte Emilia.

„Nein, sie hat schon immer gerne fotografiert und einfach aus ihrer Leidenschaft einen Beruf gemacht.“

„Warum hatte sie keinen Erfolg?“

„Vielleicht war sie es einfach nicht gewohnt, sich alleine zu behaupten. Maren ist eine sehr gute Fotografin ... war ..., aber das Geschäftliche lag ihr einfach nicht. Sie hätte einen Manager gebraucht“, erklärte Doris.

„Das kann ich gut verstehen. Mir selbst liegen diese Dinge ebenfalls nicht. Wenn Piet es nicht täte, würde ich wohl nur für die Schublade schreiben“, lächelte Emilia, bevor sie wieder ernst wurde. „Sie sagten, dass Sie mit Maren befreundet waren. Wie hat Wiebke darauf reagiert?“

„Sie war eifersüchtig, hat es aber nie offen gezeigt. Es passte ihr überhaupt nicht in den Kram, wie gut wir uns verstanden haben. Es war etwas, was sich ihrer Kontrolle entzog. Insofern hat sie sich immer wieder ... ja, heute als Erwachsene würde man wohl sagen: dazwischengedrängt. Nicht im Mittelpunkt zu stehen war für Wiebke unerträglich. Sie wollte von allen gemocht werden, am liebsten für alle die Nummer eins sein. Das galt natürlich besonders für Maren. Eine Weile hat sie sogar versucht, einen Keil zwischen uns zu treiben. Als das nicht funktionierte, ist sie oft ganz zufällig aufgetaucht, wenn wir etwas unternommen haben. Na ja, so eine Hallig ist überschaubar. Wir haben es schließlich hingenommen. Was sollten wir tun?“ Doris zuckte mit den Schultern.

„Wirklich schade, dass sie sich schließlich aus den Augen verloren haben“, sinnierte Emilia.

„Ja, das finde ich auch, aber so spielt das Leben. Solange sie mit Oliver glücklich war, haben wir uns ab und an auf dem Festland getroffen“, kramte Doris in ihren Erinnerungen. „Hhm, das hatte ich ganz vergessen. Hierherkommen wollte sie nicht, aber sie hat es sehr genossen, wenn wir uns irgendwo in Schleswig-Holstein getroffen haben oder sie einfach in Niebüll besuchten. Damals war sie ja als Fotografin angestellt. Da war eigentlich alles in Ordnung."

„Hat sie gekündigt oder wurde sie entlassen?", hakte Emilia sofort nach.

„Das ist eine gute Frage. Genau kann ich Ihnen das nicht beantworten. Maren ist einem Gespräch darüber stets ausgewichen. Insofern habe ich befürchtet, dass sie nicht nur von dem Job gelangweilt war und es darum ging, die große Karriere zu machen." Doris warf ihr einen traurigen Blick zu.

„Maren hat sich etwas zu Schulden kommen lassen?", fragte Emilia leise.

„Es ist nur eine Vermutung."

„Und danach hat sie es mit dem eigenen Studio versucht?"

„Ja, aber das hat von Anfang an schlecht funktioniert. Wenn ich es richtig mitbekommen habe, wollte Oliver sie im Vorwege davon abbringen. Er kannte sie gut und wusste, wie wenig sie für die Selbständigkeit geeignet war. Leider hat er recht behalten. Am Ende haben der Druck und die Erfolglosigkeit wohl außerdem ihre Ehe ruiniert. Wirklich schade, die beiden waren bis dahin ein harmonisches Paar. Er ist nie wirklich von ihr losgekommen. Der Kontakt ist nie abgebrochen, sie haben allerdings viel gestritten. Das hat mir Maren erzählt, als wir uns zuletzt getroffen haben."

„Klingt nach einer Hassliebe", warf Emilia ein.

„Ja, sowas in der Art."

„Wie lange ist ihr letztes Treffen mit Maren her?"

„Das ist eine gute Frage. Lassen Sie mich mal überlegen. Das muss im Frühjahr gewesen sein. So um Ostern herum. Wofür ist das wichtig?", fragte Doris.

„Hhm, weiß ich noch nicht“, gab Emilia zu.

Doris nickte. „Ich hätte den Kontakt nicht abreißen lassen sollen!“, wiederholte sie.

„Machen Sie sich keine Vorwürfe, Doris. Sie hätten diesen schrecklichen Mord damit bestimmt nicht verhindern können.“

Doris zuckte zusammen. Statt sich getröstet zu fühlen, fing sie plötzlich an zu weinen. Emilia hätte sich ohrfeigen können. Für eine Schriftstellerin war ihre drastische Wortwahl nicht gerade ein Ruhmesblatt.

„Bitte entschuldigen Sie! Jetzt habe ich Sie völlig verstört!“

„Nein, nein. Es hat nichts mit Ihnen zu tun! ... Am liebsten würde ich noch einen Schnaps trinken, aber ich mache uns jetzt lieber einen starken Kaffee. Und dann sollten wir endlich das Buffet fertigbekommen. Jedenfalls die kalten Speisen. Morgen Nachmittag muss ich kochen. Sonst schaffe ich das nicht.“ Doris wischte sich burschikos über das Gesicht und reckte sich, um ihren Worten Nachdruck zu verleihen.

„Ich helfe Ihnen gerne, das ist gar kein Problem“, bot Emilia an. „Ich meine auch morgen, wenn Sie möchten.“

„Das kann ich nicht annehmen, Sie sind schließlich im Urlaub hier. Den wollen Sie bestimmt nicht komplett in meiner Küche verbringen.“

„Davon kann keine Rede sein. Ein paar Stunden zwacke ich gerne ab. Immerhin haben Sie uns zu ihrer Party eingeladen. Darüber freuen wir uns sehr.“

„Also, gut. Ich danke Ihnen“, lächelte Doris zaghaft.

„Sagen Sie mal“, fragte Emilia schließlich, als sie ihre Arbeit wieder aufgenommen hatten. „Ist die Ehe von Wiebke und Jasper Peters eigentlich glücklich?“

Ihre Vermieterin hielt inne und guckte sie durchdringend an. „Sehen Sie da einen Zusammenhang mit dem Mord an Maren?“

„Nein. Ehrlich gesagt, versuche ich mir nur ein Bild von Wiebke zu machen.“

„Glück ist ja sehr individuell“, überlegte Doris laut. „Da ich mit den beiden nicht eng befreundet bin, habe ich lediglich einen oberflächlichen Eindruck von deren Zusammenleben. Von Begegnungen auf irgendwelchen Festen und so. Da guckt man ja meistens nicht hinter die Fassade. Aber ich kann mir kaum vorstellen, dass Wiebke ihren Mann anders als andere Menschen behandelt.“

„Sie meinen, sie ist auch in der Ehe der dominante Part.“

„Genau.“

„Vielleicht fühlt er sich in der Rolle wohl. Manche Männer mögen starke Frauen“, gab Emilia zu bedenken.

„Da kenne ich nur sehr wenige Beispiele. Ich kann mir gut vorstellen, dass Jasper gegen Wiebke nicht ankommt. Sie nimmt sich grundsätzlich, was sie will und dabei wenig Rücksicht auf die Gefühle ihrer Mitmenschen. Das betrifft ihren Mann genauso wie die Nachbarn oder andere Halligbewohner.“

„Das klingt ja geheimnisvoll.“ Emilia war sofort hellhörig und hoffte, Doris würde weiter plaudern. Kam sie jetzt endlich an weitere Informationen zu der Toten? Immerhin handelte es sich um die Schwester. War diese etwa in den Mordfall verwickelt?

„Ja, das trifft den Kern: Geheimnisse! Wiebke liebt es, die Menschen gegeneinander auszuspielen, Intrigen zu schmieden und aus allem ihren eigenen Vorteil zu ziehen. Wenn Jasper nicht wäre, würde ich sie nicht zu unserer Party einladen, das sage ich Ihnen, Emilia. Aber Nils ist seit seiner Jugendtage mit Jasper befreundet und wir können ihn ja schlecht alleine herbitten."

„Das verstehe ich", murmelte Emilia. Geheimnisse! Wie gerne würde sie mehr darüber erfahren.

Doris schien ihre Gedanken zu lesen: „Ich könnte Ihnen tagelang Geschichten erzählen. Die wären bestimmt eine Inspiration für Ihre Romane", lachte sie schließlich, was die Stimmung änderte. Im nächsten Moment beendete sie das Thema. „Ach, jetzt haben wir genug über Wiebke gesprochen. Sie werden sie morgen Abend kennenlernen. Da können Sie sich selbst ein Bild machen."

Mats in Niebüll

Freitag, den 30. Dezember

Mats war froh, endlich Oliver Schwennsen erreicht zu haben. Früher oder später würde der Name der Toten in die Presse geraten. Auf diese Weise vom Mord an seiner Exfrau zu erfahren, wollte er dem Mann ersparen. Gleiches galt für den Liebhaber Patrick Weiland. Mit beiden waren die Kommissare nun nacheinander verabredet und Mats konnte es kaum abwarten, sie kennenzulernen, um mehr über die ungewöhnliche Konstellation zu erfahren.

Einen Moment lang war er irritiert, als ein Mann die Tür öffnete, der mindestens fünfzehn Jahre älter als Maren Schwennsen schien.

„Oliver Schwennsen?“, fragte er deshalb nach.

„Ja.“

„Mats Sommerfeld. Wir haben telefoniert. Das ist Hauptkommissar Grimm“, stellte er sie beide vor.

„Ich verstehe nicht, was die Geheimniskrämerei soll! Warum haben Sie mir nicht gleich am Telefon gesagt, worum es geht?“ Schwennsen kratzte sich über den kahlen Schädel. Er war groß und breitschultrig. Seine Kleidung wirkte leger, machte aber einen gepflegten Eindruck.

„Dürfen wir reinkommen?“, schaltete sich Grimm ein. „Dann erfahren Sie, worum es geht.“

„Bitte. Wo Sie nun schon mal da sind.“ Er öffnete die Tür vollständig und ging voraus in ein aufgeräumtes Wohnzimmer, das einen krassen Gegensatz zu dem Chaos bei seiner Exfrau bildete. Mats war überrascht.

Mit einer Handbewegung forderte Oliver Schwennsen sie auf, Platz zu nehmen, bot ihnen allerdings nichts zu trinken an.

„Also, warum sind Sie hier?“, fragte er mit einem leichten Anflug von Ungeduld, den Mats verstehen konnte.

„Herr Schwennsen, leider müssen wir Sie über den Tod Ihrer Exfrau unterrichten“, übernahm Grimm das Überbringen der schlechten Nachricht.

„Monika ist tot?“, fragte er mit einem Stirnrunzeln, das die einzige Gefühlsregung zu sein schien.

„Monika?“, fragten beide Kommissare wie aus einem Mund.

Grimm begriff als Erster, welchen Fehler sie gerade begangen hatten. „Nein, Herr Schwennsen. Bitte entschuldigen Sie den Irrtum. Wir reden nicht von Monika, sondern von Maren Schwennsen.“

„NEIN!“ Der Schrei füllte den kompletten Raum aus und ließ Mats und Grimm zusammenzucken.

Mit allem hatten sie gerechnet, aber nicht mit der verzweifelten Reaktion, die darauffolgte. Oliver Schwennsen brach sofort in Tränen aus und konnte sich minutenlang nicht mehr beruhigen. Das heftige Schluchzen erschütterte seinen massigen Körper, die Anwesenheit der Kommissare schien er gar nicht mehr wahrzunehmen.

Etwas hilflos wechselten die beiden einen Blick. Grimm zuckte mit den Schultern und signalisierte Mats mit einer Handbewegung zu warten, bis Oliver Schwennsen sich etwas beruhigt hatte. Schließlich schnäuzte dieser sich geräuschvoll die Nase und blickte wieder auf.

„Was ist passiert?“, fragte er leise. Sein Gefühlsausbruch schien ihm nicht peinlich zu sein.

Mats fragte sich, ob der nächste Sturm über sie hereinbrechen würde, wenn er erfuhr, dass seine Exfrau – oder Frau? – ermordet worden war. Während er überlegte, wie er es am besten formulieren sollte, übernahm Grimm wieder das Antworten.

„Herr Schwennsen, Ihre Frau ist einem Kapitalverbrechen zum Opfer gefallen.“

„Sie wurde ermordet?“, fragte ihr Mann ungläubig.

„Ja.“

„Das muss sich um einen Irrtum handeln. Wer sollte Maren nach dem Leben trachten? Sie hatte ja nicht einmal genug dabei, damit sich ein Raubmord gelohnt hätte.“

Mats fand die Bemerkung seltsam, kommentierte sie aber nicht.

„Wir gehen nicht von einem Raubmord aus“, erklärte Grimm weiter.

„Okay“, war alles, was Oliver Schwennsen entgegnete.

„Wie war Ihr Verhältnis zu Ihrer ...?“

„Frau“, stellte er klar. „Maren und ich konnten nicht mehr unter einem Dach leben, seit sie das eigene Studio eröffnet hat. Wenn Sie ihre Wohnung gesehen haben, können Sie sich denken, warum. Früher war sie ganz anders, aber der Druck und die Erfolglosigkeit haben sie stark verändert. Ihre Umgebung in Ordnung zu halten, überstieg einfach ihre Kraft. Trotzdem haben wir uns geliebt.“

„Sie waren also nach wie vor verheiratet?“, fragte Grimm.

„Wieso waren?“, echauffierte er sich, bevor er erneut in sich zusammensackte. „Ja, genau“, flüsterte er.

Am liebsten hätte Mats an dieser Stelle nach dem Nebenbuhler Patrick Weiland gefragt, aber Grimm verfolgte eine andere Strategie. „Gab es Menschen, mit denen Ihre Frau im Konflikt stand?“

Oliver Schwennsen lachte freudlos. „Fragen Sie lieber, mit wem Maren keinen Streit angefangen hat. An all dem ist nur dieses verfluchte Studio schuld! Maren war einfach nicht zur Unternehmerin geboren, aber das wollte sie nicht wahrhaben. Am Ende hat sie mich dafür verantwortlich gemacht, als es nicht funktionierte.“

„Wieso?“

„Weil ich es von Anfang an prophezeit habe“, antwortete er schlicht.

„Und trotzdem haben Sie zu ihr gehalten?“

„Ich habe sie geliebt.“ Schwennsen hatte wieder Tränen in den Augen.

„Und daran änderte sich nichts, nachdem sie sich auf Patrick Weiland eingelassen hatte?“, fragte Grimm bemüht sachlich.

Der gehörnte Ehemann schloss die Augen und atmete einmal tief durch. „Sie wissen also von Patrick“, sagte er leise.

„Ja.“

Oliver Schwennsen zögerte. Ganz offensichtlich fiel es ihm schwer, darüber zu reden. „Maren und ich hatten in den Monaten nach der Studioeröffnung ständig Streit. Sie ist schließlich hier ausgezogen und wir haben uns eine Weile kaum gesehen.“ Er schüttelte den Kopf. „Obwohl es sich damals anfühlte, als würde ich sie im Stich lassen, musste ich mich einfach zurückziehen. Wissen Sie, diese ständigen Gefühlsschwankungen und das Gekeife, wenn etwas nicht so klappte, wie sie es wollte, das konnte ich einfach nicht mehr ertragen. Dafür gab es einfach zu viel, was nicht funktionierte. Ich bin da anders gestrickt. Mit den Menschen aus meinem direkten Umfeld möchte ich in Harmonie leben. Stress habe ich genug im Job.“

„Und in dieser Zeit hat sie Patrick Weiland kennengelernt?“, fragte Grimm ganz direkt.

„Ja. Am Anfang war ich rasend vor Eifersucht, als ich es mitbekam. Immerhin hatten wir uns nie wirklich getrennt. Ich fühlte mich hintergangen und habe sie aufgefordert, ihm den Laufpass zu geben. Aber das hat sie nicht interessiert. Wenn es mir nicht passen würde, könnte ich wegbleiben, das habe mir schließlich mehrere Wochen nichts ausgemacht. Mit dieser Bemerkung traf sie mich mitten ins

Herz. Sie war plötzlich wie ihre Schwester. Selbstbewusst, fordernd und ..."

„Egoistisch?", rutschte es Mats heraus.

„Ja, genau. Sie haben Wiebke bereits kennengelernt?" Oliver Schwennsen schien überrascht. „Sie waren zuerst auf der Hallig, bevor Sie mich informiert haben?"

„Wie Sie selbst wissen, waren Sie nicht erreichbar. Bleiben wir vorerst bei Patrick Weiland. Es klingt so, als hätten Sie die Beziehung der beiden mittlerweile akzeptiert?", fragte Grimm, wobei sein Tonfall schärfer wurde.

„Pfft! Akzeptiert! Auf keinen Fall! Aber Maren hat mir keine Wahl gelassen. Um sie weiter sehen zu können, musste ich mich damit abfinden. Sie hatte es satt, sich unterzuordnen. So hat sie es ausgedrückt. Das würde sie bereits ihr ganzes Leben machen und damit wäre jetzt endgültig Schluss."

„Und Sie haben nachgegeben und sich auf diese ... Dreierbeziehung eingelassen?" Es stand Grimm ins Gesicht geschrieben, was er von dieser Konstellation hielt.

„So wie Sie habe ich auch erst gedacht", kommentierte Oliver Schwennsen prompt. „Aber am Ende bin ich zu ihr zurückgekehrt."

„Weil Sie sie lieben?"

„Ja."

„Wer könnte ihr nach dem Leben getrachtet haben? Mit wem war der Konflikt groß genug?", führte Grimm die Befragung fort.

„Na, allen voran wohl ihre Schwester. Sie haben sie ja selbst erlebt. Für diese Frau gibt es nur Wiebke Peters. Alle anderen sind weniger wert." Einen Moment sah es so aus, als wollte Schwennsen auf den Boden spucken, schließlich besann er sich aber darauf, wo er sich gerade befand.

„Wissen Sie von der Einladung über Weihnachten?“
„Ja, natürlich. Maren hatte keine Geheimnisse vor mir.“
„Und hat sie sie angenommen?“, fragte Mats.
„Ja, sicher. Sie wollte sich mit Wiebke aussöhnen. Ich dachte, deshalb waren Sie auf der Hallig. Ist sie nicht dort gefunden worden?“ Oliver Schwennsen schien verwirrt.
„Nein, das haben wir nicht gesagt. Sie wurde in Dagebüll gefunden. In einer Lore. Außerdem stand ihr Auto dort auf dem Parkplatz“, erklärte Grimm.
„Aha. Und wann genau haben Sie sie gefunden?“
„Am Morgen des zweiten Weihnachtstages.“
„Das ergibt überhaupt keinen Sinn“, kommentierte Oliver Schwennsen die Information.
„Wo waren Sie über die Feiertage?“, wechselte Grimm das Thema.
„Ich? Stehe ich etwa unter Verdacht, meine eigene Frau umgebracht zu haben? Sind Sie deshalb hier? Wollen Sie mich verhaften?“ Schwennsen schien in Panik zu geraten.
„Nein, vorerst wollen wir lediglich wissen, wo Sie gewesen sind“, antwortete der Kommissar. „Standardprozedere.“
„Sie scheinen es nicht kapiert zu haben: Ich habe Maren geliebt. Warum sollte ich sie umbringen?“
„Sagen Sie uns einfach, wo Sie gewesen sind. Dann wird sich das schnell klären.“ Grimm blieb die Ruhe selbst.
„Ich war bei meinem Bruder und seiner Familie in Hamburg. Da Maren mein Angebot sie zu begleiten, abgelehnt hat, habe ich seine Einladung angenommen. Wer will schon zu Weihnachten allein zu Hause sitzen?“ Schwennsen ärgerte sich immer noch.
„Und sie ist ganz bestimmt zu ihrer Schwester gefahren?“, fragte Mats.

„Woher soll ich das wissen? Wenn Sie sie in Dagebüll gefunden haben, scheint sie ja nicht gefahren zu sein. Was hat Wiebke dazu gesagt?"

„Angeblich hat Maren es sich anders überlegt, nachdem sie in Bezug auf die Erbschaft erneut eine Absage erhielt", erklärte Grimm.

„Möglich." Wieder zuckte Schwennsen die Schultern. „Maren war eigentlich immer auf Geld aus. Mir hat sie nichts von ihrer Planänderung erzählt, aber vielleicht wollte sie mich loswerden, um mit Patrick zu feiern", antwortete er mit Traurigkeit in der Stimme.

„Okay. Bitte geben Sie uns die Kontaktdaten Ihres Bruders und halten Sie sich zu unserer Verfügung", forderte Grimm ihn auf.

„Ich kann Ihnen nur raten, Wiebke genau unter die Lupe zu nehmen", erwiderte Oliver Schwennsen in ruhigem Tonfall, nachdem er die gewünschten Daten notiert hatte. „Das Anwesen auf der Hallig hat bestimmt einen Wert, für den es sich zu töten lohnt. Wiebke weigert sich seit Jahren, Maren auszuzahlen, obwohl ihr die Hälfte des Vermögens zustand. Jetzt braucht dieser Raffzahn nicht mehr zu teilen. Also wenn Sie mich fragen, ist das in höchstem Maße verdächtig!"

Als die Kommissare den Witwer verließen, saß er wie ein Häufchen Elend auf seinem Sofa. Er musste ein sehr guter Schauspieler sein, wenn er für den Mord an seiner Frau verantwortlich war.

Für die Mittagspause blieb nicht viel Zeit. Die Kommissare aßen im Stehen ein Fischbrötchen, das sie mit einem Kaffee herunterspülten, der schon eine Weile auf der

Warmhalteplatte verbracht hatte und brandig schmeckte. Aber immerhin war er heiß.

„Was halten Sie von seiner Aussage?“, fragte Mats den älteren Kollegen.

„Hhm, im Großen und Ganzen decken sich die Aussagen von Wiebke Peters und Oliver Schwennsen, aber trotzdem scheint einer zu lügen. Was ich nicht verstehe: Warum hat Maren keinen Anwalt eingeschaltet, um die Auszahlung zu erzwingen?“, überlegte Grimm.

„Keine Ahnung, mit Erbrecht kenne ich mich nicht aus. Wenn Wiebke Peters ihrer Schwester das Wohnrecht auf der Hallig nicht verwehrt, hatte Maren vielleicht keine rechtliche Handhabe, ihren Teil des Erbes in Form von Bargeld einzufordern“, überlegte Mats.

Grimm nickte. „Außerdem konnte sie sich keinen Anwalt leisten.“

„Trotzdem ergibt sich daraus für die Schwester natürlich ein einwandfreies Mordmotiv“, stellte Mats fest. „Vielleicht sind wir zu sanft mit ihr umgegangen. Ich werde nachher auf jeden Fall den Durchsuchungsbeschluss für ihr Haus und die Nebengebäude beantragen. Am besten fahre ich zu dem Richter. Sie können parallel bei der Küstenwache anfragen, wann die uns noch einmal auf die Hallig bringen können. Ich glaube, da wartet Arbeit auf uns.“

„Mache ich“, stimmte Grimm zu. „Aber jetzt fahren wir zu Patrick Weiland. Vielleicht ist der genauer informiert, ob Maren wirklich nach Langeneß gefahren ist.“

„Da wir ihr Auto dort auf dem Parkplatz gefunden haben, gehe ich fest davon aus. Zumindest wollte sie es.“

„Womit die Schwester gelogen hat“, überlegte Grimm.

„Und wenn sie dort auf ihre Abholung gewartet hat und von einem Zufallstäter getötet wurde?“, wiederholte Mats seine Vermutung, die Grimm bereits ausgeschlossen hatte.

„Meine Meinung zum Thema Zufall kennen Sie bereits, aber vielleicht gab es einen anderen Täter aus dem direkten Umfeld von Maren Schwennsen.“

„Oliver Schwennsen oder Patrick Weiland?“ Mats fand diese Überlegung überzeugender, obwohl er den Witwer gerade als Täter nahezu ausgeschlossen hatte.

„Das wäre auf jeden Fall möglich. So eine Dreierbeziehung gibt eine Menge Zündstoff und Oliver Schwennsen war damit unglücklich“, spann Grimm den Faden weiter.

„Genau! Vielleicht war die Ablehnung seines Angebotes, Maren zu dem familiären Weihnachtsbesuch zu begleiten, der berühmte letzte Tropfen, der das Fass zum Überlaufen brachte. Er folgt ihr zu dem Lorenbahnhof nach Dagebüll und versucht sie dort ein letztes Mal zu überreden, gemeinsam zu fahren. Sie lehnt ab, wodurch sie erneut in Streit geraten. Am Ende erschlägt er sie im Affekt, weil er mit der gesamten Situation überfordert ist.“ Mats gefiel diese Theorie umso besser, je länger er darüber nachdachte. Gleichzeitig rief er sich die Bilder des Witwers in Erinnerung. Die Trauer konnte bei dem eben entwickelten Szenario trotzdem passen.

„Aber warum hat er ihr die Jacke oder den Mantel ausgezogen?“

„Keine Ahnung. Vielleicht wollte er damit einen Raubmord vortäuschen.“

„Den er eben im Gespräch selbst ausgeschlossen hat.“

„Ja. Möglicherweise ist er raffinierter als wir denken“, blieb Mats unbeirrt.

„Wir müssen sein Alibi überprüfen“, erwiderte Grimm.

„Wobei es sich um den Bruder handelt. Wenn er den in die Verzweiflungstat eingeweiht hat, ist es ebenso möglich, dass dieser für Oliver Schwennsen lügt." Mats war nicht bereit, die These so schnell wieder fallenzulassen.

„Bis eben war die Schwester der Toten Ihre Hauptverdächtige", erinnerte Grimm.

„Ja, das stimmt. Wir brauchen mehr Fakten. Beide hatten ein Motiv und die Gelegenheit. Also, auf zu Patrick Weiland. Mal gucken, ob uns diese Befragung weiterbringt."

Patrick Weiland stand in der offenen Tür, als die Kommissare den dritten Stock des unscheinbaren Fünfzigerjahre-Baus erklommen hatten. Er war mittelgroß, sehr schlank und auffällig gestylt. Spontan fragte sich Mats, ob er als Model arbeitete. Vielleicht hatte Maren ihn über einen Fotojob kennengelernt. Er war auf jeden Fall jünger als die Tote und stand damit optisch im krassen Gegensatz zu Oliver Schwennsen.

„Was ist mit Maren?", fragte er in heller Aufregung, bevor die Kommissare ihm den Grund ihres Besuches mitteilen konnten. „Seit Montag erreiche ich sie nicht, da ist doch etwas faul."

„Moin, Herr Weiland. Dürfen wir eintreten, wir möchten uns nicht so gerne hier im Treppenhaus unterhalten."

„Es ist etwas Schlimmes passiert! Ich habe es die ganzen Tage geahnt. Ich war drauf und dran bei Oliver anzurufen, aber der hätte mich im Zweifel weggedrückt", rief er, wobei seine Stimme immer schriller wurde und sich schließlich überschlug. „Nun sagen Sie schon: Was ist mit Maren? Die Polizei kommt hier nur her, weil es ernst ist! Hat ihre verrückte Schwester etwas damit zu tun? Ich habe Maren gleich gesagt, es wäre vergebliche Liebesmüh, auf diese bekloppte Hallig zu fahren! Dieser alte Geizhals ändert sich nie!“

„Herr Weiland, bitte beruhigen Sie sich. Wenn Sie uns die Gelegenheit geben, werden wir Ihnen erzählen, was wir wissen“, antwortete Mats, obwohl das nur zum Teil der Wahrheit entsprach.

Patrick Weiland fuhr sich durch die Haare, was die sorgfältige Frisur in Unordnung brachte. „Okay“, antwortete er schließlich. „Kommen Sie rein. Können Sie die Schuhe ausziehen?“

Mats verschlug es die Sprache. Vor einer Minute schien ihr Gegenüber vor lauter Sorge um seine Freundin fast zu kollabieren und nun war er plötzlich um seinen hellen Teppichboden besorgt. Wie es aussah, konnte er den Gefühlsregungen der Beteiligten kaum trauen. Das galt nicht nur für Wiebke Peters und Oliver Schwennsen, sondern genauso für den Liebhaber der Toten.

Grimm reagierte gelassen: „Nein, das können wir nicht. Wenn das allerdings Ihre größte Sorge ist, begleiten Sie uns am besten nach Husum aufs Revier und wir führen unsere Unterhaltung dort fort.“

Kurz wirkte Patrick Weiland verunsichert. Er setzte zu einer Erwiderung an, überlegte es sich aber anders. „Wie Sie meinen“, antwortete er schließlich, „aber putzen Sie sich Ihre Schuhe bitte gründlich auf der Matte ab.“

Die Kommissare taten wie geheißen und folgten ihm in eine Wohnung, die erstaunlich feminin eingerichtet war.

„Bitte entschuldigen Sie die Unordnung, ich hatte in den letzten Tagen nicht den Nerv, mich darum zu kümmern. Also, wo ist Maren und warum meldet sie sich nicht bei mir? Seit Montag ist ihr Handy ausgeschaltet.“

Zum zweiten Mal an diesem Tag überbrachten die Kommissare die Nachricht von Maren Schwennsens Tod. Nachdem sie bereits in heller Aufregung empfangen worden waren, hatte Mats mit einem ähnlichen Ausbruch wie bei Oliver Schwennsen gerechnet, der blieb allerdings aus.

„Ich habe es befürchtet“, flüsterte Patrick Weiland und griff geistesabwesend nach einem Wasserglas, das vor ihm auf dem Tisch stand. Er trank es in einem Zug leer und fragte dann tonlos: „Glauben Sie, dass Wiebke sie auf dem Gewissen hat?“

„Wir stehen am Anfang unserer Ermittlungen“, antwortete Grimm lapidar.

„Wäre es mir bloß gelungen, ihr diesen sinnlosen Trip auszureden! Ich hatte von Anfang an ein schlechtes Gefühl bei der Sache. Warum sollte Wiebke plötzlich ihre Meinung ändern? Sie hat Maren ihr ganzes Leben lang schikaniert und ihren eigenen Willen aufgedrückt. Nur weil Weihnachten ist, wird die nicht plötzlich weich! Was soll ich jetzt ohne Maren machen?“ Er guckte Mats hilflos in die Augen.

Der fühlte sich spontan überfordert. Beide Männer schienen von dem Opfer geradezu emotional abhängig zu sein. Aus diesen Grund hatten sie das Dreierverhältnis toleriert. Trotzdem konnte es zu einem Mord im Affekt gekommen sein, weil Maren Schwennsen ihren Willen ohne Rücksicht gegen die Männer durchgesetzt hatte. Außerdem war sie erschlagen worden. Das passte zu einer spontanen Tat.

„Wo waren Sie am letzten Sonntag?“, fragte Grimm schließlich.

Patrick Weiland riss die Augen auf, schluckte seinen Protest jedoch herunter. „Ich war hier.“

„Allein?“

„Ja.“

„Sie haben den ersten Weihnachtstag einsam in Ihrer Wohnung verbracht?“, hakte Grimm nach.

„Ja. Das ganze Festtagsgedöns geht mir ohnehin auf die Nerven. Ist alles ohnehin nur Konsum. Darüber hinaus hatte ich die stille Hoffnung, Maren würde es sich in letzter Minute anders überlegen. Wir haben über Sinn und Unsinn dieses Besuches viel diskutiert. Ich dachte, vielleicht wirken meine Argumente, wenn es soweit ist und sie sich klarmacht, was sie bei ihrer Schwester wirklich erwartet.“

„Was hat sie denn wirklich dort erwartet?“, fragte Mats.

„Weihnachtliches Eingelulle. Propaganda des Festes der Liebe. Sowas halt. Maren konnte wirklich knallhart sein, aber ihrer Schwester war sie nie gewachsen. Und das hätte sich jetzt nicht geändert. Genauso wenig, wie Wiebke ihr plötzlich freiwillig etwas von der Familienkohle abgeben wollte. Eher hätte die sie um die Ecke gebracht, um endlich Ruhe vor dem Gebettel der Schwester zu haben.“ Patrick Weiland redete sich in Rage und knallte schließlich das leere Glas auf den Tisch, welches er die ganze Zeit in der Hand gehalten hatte.

„Sie trauen Wiebke Peters einen Mord zu? Wie gut kennen Sie sie denn?“, fragte Grimm.

„Persönlich kenne ich sie überhaupt nicht. Maren hatte sie ja selbst ewig nicht mehr gesehen und auf keinen Fall wollte sie von mir begleitet werden.“

Emilia auf Langeneß

Samstag, den 31. Dezember

Den ganzen Abend hatte sich Emilia den Kopf darüber zerbrochen, was Doris mit den Geheimnissen rund um Wiebke Peters gemeint haben könnte. Standen die im Zusammenhang mit dem Mordfall, von dem ihre Vermieterin vielleicht sogar wusste oder waren die davon unabhängig? Zu gerne hätte Emilia gleich nachgehakt, aber Doris war so bestimmt gewesen, dass sie ihre Neugierde zügelte und auf eine weitere Chance bei den finalen Vorbereitungen für die Feier hoffte.

Sowohl beim Abendessen als auch beim Frühstück überlegte sie, ob sie Piet in das Gespräch einweihen sollte, um gemeinsam mit ihm zu spekulieren, was Wiebke Peters zu verbergen hatte. Seine analytische Art zu denken wäre sicherlich hilfreich, um eine Strategie für eine weitere Unterhaltung mit Doris zu entwickeln. Aber irgendetwas hielt sie davon ab. Piet würde sich bestimmt wieder Sorgen machen, wenn er hörte, wie sie immer tiefer in die Aufklärung des Mordfalles einstieg und sich dabei der potentiellen Mörderin weiter näherte.

Denn natürlich war ein Schnack mit Doris lediglich die Vorbereitung für eine möglichst unauffällige Befragung von Wiebke Peters. Konnte es wirklich sein, dass die ihre eigene Schwester ermordet hatte? Und würde sie Emilia gefährlich werden, wenn sie sich in die Enge getrieben fühlte?

Emilia musste sehr behutsam vorgehen, so viel war klar. Piet in ihre Pläne einzuweihen, war keine gute Idee. Endgültig verwarf sie den Gedanken und konzentrierte sich auf ihre Brötchenhälfte, die sie großzügig mit Krabben belegt hatte. Einige der schmackhaften Meeresfrüchte waren bereits wieder auf ihren Teller gepurzelt.

„Na, wo bist du mit deinen Gedanken?“, fragte Piet prompt. „Und erzähl mir kein Seemannsgarn. Ich kenne dich gut genug.“

„Immerhin nicht gut genug, um meine Gedanken zu lesen“, versuchte sie einen Scherz, mit dem sie einer ehrlichen Antwort ausweichen wollte.

„Ich arbeite daran und würde jede Wette eingehen, dass sie um den Mord an Maren Schwennsen kreisen.“ Er kannte sie eben!

„Hhm, ja und nein. Genau genommen bin ich bei der heutigen Party. Doris kann am Nachmittag erneut meine Hilfe gebrauchen."

„Schon wieder?", fragte Piet ein wenig ungehalten. „Ich dachte, wir machen einen ausgiebigen Spaziergang. Das Wetterradar hat Schnee angekündigt."

Emilia verzog das Gesicht. „Nichts für ungut, Piet, aber Schnee hatten wir in diesem Jahr bereits mehr als genug. Ich habe es wirklich genossen, aber heute reizt es mich wenig, erneut durch die Kälte zu toben."

„Ich könnte uns alternativ Massagen oder eine Hot-Stone-Behandlung buchen, wenn du es lieber heiß hast", schlug er vor.

„Ich wundere mich, dass du überhaupt weißt, was das ist", musste Emilia unwillkürlich lachen.

„Der Prospekt über das Anker´s Hörn ist sehr informativ und ich hatte bereits gestern Nachmittag viel Zeit." Der Vorwurf war genauso deutlich wie ungewohnt.

„Seit wann kannst du dich ohne mich nicht beschäftigen?", wunderte sie sich.

„Darum geht es nicht, das siehst du ja", milderte er seine Kritik mit einem Schmunzeln ab. „Aber wir hatten diesen Urlaub als gemeinsame Zeit geplant."

Emilia reagierte zerknirscht. „Hhm, da muss ich dir allerdings zustimmen. Haben die heißen Steine denn so kurzfristig einen Termin frei?"

Piet war sofort wieder versöhnt. „Wenn du so fragst: Ja, um fünfzehn Uhr."

„Ich fahre aber nicht mit dem Fahrrad, wenn Schnee aufzieht."

„Musst du nicht. Nils leiht uns sein Auto, er braucht es heute nicht."

Emilia war hin- und hergerissen. Zum einen hatte sie Doris versprochen bei der Vorbereitung der warmen Speisen zu helfen, zum anderen wollte sie sie zu Wiebke Peters befragen. Es wäre eigentlich eine gute Idee, gemeinsam mit Piet in der Küche zu helfen, dann bliebe danach Zeit für ein wenig Wellness am Nachmittag. Allerdings würde er ihr Vorgehen in Bezug auf den Mordfall mitbekommen. Das sprach dagegen.

„Ich kann euch ja helfen, dann geht es schneller", bot er prompt an.

Emilia traf eine Entscheidung. „Okay. Lass uns in Ruhe das Frühstück beenden. Danach gehen wir zu Doris und fragen sie, ob das für sie in Ordnung ist."

Als sie eine halbe Stunde später die Treppe herunterstiegen, zog ihnen bereits der Duft von Doris´ Kochkünsten in die Nase. Sie hatte also früher als angekündigt mit den Vorbereitungen für den Abend begonnen. Emilia öffnete die Tür, die wie immer nicht abgeschlossen war und kündigte ihr Eintreffen mit einem lautstarken ‚Moin Doris!' an.

Ohne eine Antwort abzuwarten, betraten sie die Küche. Auf dem Herd, der in die zentrale Kücheninsel eingebaut war, standen mehrere Töpfe, in denen es wild brodelte, was die klappernden Deckel signalisierten. In einer Pfanne schien etwas anzubrennen.

„Was ist denn hier los?", fragte die überraschte Emilia. „Es sieht so aus, als hätte Doris mitten in der Arbeit die Küche verlassen. Das ist ja merkwürdig." Sie eilte um die Kücheninsel herum, um die Hitze der Platten zu reduzieren, hielt aber plötzlich mitten in der Bewegung inne und stieß einen Schrei aus, als sie Doris auf dem Boden liegen sah. Piet folgte ihr und stützte sie, als ihre Beine den Dienst versagten.

„Setz dich", forderte er sie auf. „Ich rufe einen Notarzt!" Er drückte sie auf den Stuhl und zog sein Handy aus der Tasche.

„Wir sind auf der Hallig", antwortete Emilia, die sich schnell von dem Schock erholte und wieder auf die Füße sprang. „Einen Notarzt gibt es hier nicht! Ich glaube, sie haben hier nicht einmal einen Allgemeinmediziner, der ständig anwesend ist. Such Nils, ich gucke, ob ich mit Erster Hilfe etwas bewirken kann."

Schnell war sie wieder bei Doris, die langgestreckt hinter der Kücheninsel lag. Aus einer Wunde im Rücken war viel Blut ausgetreten, dass Emilia mit dem Schlimmsten rechnete. Wenn sie sich nicht sehr täuschte, kam jede Hilfe zu spät. Sie fühlte nach dem Puls ihrer Vermieterin, aber da war nichts mehr. Neben der Toten lag ein großes Messer, ganz offensichtlich die Tatwaffe.

Eine neue Welle des Schwindels erfasste die Krimiautorin, weil dieses Bild sie einfach fassungslos machte. Ganz offensichtlich war Doris in ihrer eigenen Küche erstochen worden. Das Messer schien in den Block zu gehören, der gegenüber der Insel auf der Arbeitsplatte stand. Emilia schloss für einen Moment die Augen, um sich wieder zu stärken und zu überlegen, welche nächsten Schritte sie nun einleiten musste.

Gleichzeitig fragte sie sich, ob sie den Mord hätte verhindern können, wenn sie am gestrigen Nachmittag hartnäckig nachgefragt und weitere Informationen über Wiebke Peters herausbekommen hätte!

Schließlich atmete sie tief durch, warf einen weiteren Blick auf Doris, mit der sie sich gerade ein wenig angefreundet hatte und die nun zum zweiten Mordopfer in diesem Fall geworden war; vermutlich, weil sie zu viel wusste. Oder hatte sie sogar etwas beobachtet? Da gab es bestimmt einen Zusammenhang!

Emilia guckte nach Piet, der war aber nach wie vor verschwunden. Also entfernte sie sich langsam vom Tatort, um ja keine Spuren zu zerstören. Einen Moment überlegte sie, ob sie auf Piets Rückkehr warten sollte, entschied sich aber schnell dagegen. Da sie nicht wusste, wie lange die Suche nach Nils dauern würde, beschloss sie, Mats Sommerfeld anzurufen. Die beiden Kommissare mussten sofort auf die Hallig kommen, so viel stand fest. Emilia war davon überzeugt, dass sich der Mörder - oder die Mörderin - hier auf Langeneß befand.

So schnell wie ihre weichen Knie es zuließen, eilte sie in ihre Ferienwohnung, in der ihr Mobiltelefon lag. Mit zitternden Fingern suchte sie die Nummer des jungen Kommissars heraus und hoffte auf seine umgehende Erreichbarkeit.

„Emily Anderson! Moin! So schnell habe ich Ihren Anruf gar nicht erwartet. Haben Sie etwa schon etwas herausbekommen?“, begrüßte er sie begeistert wie eigentlich immer, wenn sie sich trafen oder telefonierten.

„Mats ... Herr Sommerfeld ... es ist viel schlimmer“, sprudelten die Worte aus ihr heraus. „Es gibt eine zweite Tote. Sie müssen sofort herkommen!“

Für einen Moment verschlug es ihm die Sprache.

„Piet und ich haben unsere Vermieterin tot in ihrer Küche gefunden.“ Emilia ergänzte ein paar Details, einschließlich des Verdachts, dass Doris vielleicht Zeugin des Mordes geworden war und deshalb sterben musste.

„Können Sie dafür sorgen, den Tatort abzusperren?“, fragte Mats Sommerfeld, als er sich wieder im Griff hatte.

„Ja.“

„Es darf wirklich niemand den Raum betreten. Am besten nicht einmal der Ehemann. Es ist wichtig, damit keine Spuren vernichtet werden.“

„Ja, ich weiß.“

„Bekommen Sie das hin? Ich werde einen Hubschrauber anfordern, damit wir möglichst schnell vor Ort sind“, versicherte der Kommissar.

„Ich werde mein Bestes geben.“

„Danke, Emily“, sagte Mats schlicht und legte auf.

Einen Moment lang fühlte sich Emilia erschöpft und ausgelaugt. Wo war sie hier nur wieder hineingeraten? Eigentlich hatte dieser Aufenthalt auf Langeneß ein entspannter Urlaub und Jahresausklang werden sollen. Stattdessen fand sie sich in dem nächsten Mordfall wieder. Schon die erste Tote am Lorenbahnhof war ein schlechtes Omen gewesen, aber nun am letzten Tag des Jahres ihre Vermieterin erstochen in deren Küche zu finden, war einfach zu viel! Sie gönnte sich einen Augenblick der Schwäche und Trauer, doch dann besann sie sich auf das Versprechen, welches sie Mats gerade am Telefon gegeben hatte.

Mögliche Spuren am Tatort durften nicht vernichtet werden! Das war jetzt das Wichtigste. Sie straffte sich, steckte das Telefon ein und eilte zurück ins Erdgeschoss. Kaum war sie dort angekommen, trafen Nils und Piet ein.

„Wo ist sie? Wo ist meine Doris?“, rief Nils. Seine Miene schien versteinert. „Lasst mich zu ihr. Ich habe eine Sanitäterausbildung, vielleicht kann ich doch noch etwas für sie tun.“

Emilia und Piet wechselten einen Blick. Ihr Mann hatte Nils die schlimme Nachricht vom Tod seiner Frau also bereits überbracht.

„Nils, leider kommt jede Hilfe zu spät. Lassen Sie uns in der guten Stube Platz nehmen. Ich habe die Polizei verständigt.“

„Aber ich will zu ihr!“, jammerte der Witwer. „Ich will bei ihr sein.“

„Nils, gucken Sie mich an!“, forderte Piet ihn auf. „Ihre Küche ist ein Tatort, den die Spurensicherung untersuchen muss. Gehen wir solange ins Wohnzimmer. Wollen Sie einen Tee oder einen Schnaps trinken?“

Nils Jansen nickte und ließ sich schließlich von Piet zu seinem Sofa führen, auf das er anschließend kraftlos fiel. Der Raum war bereits festlich geschmückt, was in dieser Situation völlig unpassend wirkte.

Eine Weile starrte der Witwer vor sich hin, schien mit seinen Gedanken weit weg zu sein. Emilia und Piet setzten sich zu ihm und ließen ihm die Zeit, die er brauchte, um die schreckliche Tat zu verkraften.

Schließlich flüsterte Nils: „Es ist meine Schuld!“

Emilias erster Gedanke war so absurd, dass sie ihn selbst kaum glauben konnte. Hatte dieser freundliche Nordfriese seine Frau getötet? War er gerade im Begriff, ein Geständnis abzulegen? Das konnte einfach nicht sein! Welches

Motiv sollte Nils Jansen für so eine Tat haben? Gerade wollte sie zu einer Frage ansetzen, da sprach er weiter.

„Doris hat mir am Weihnachtsabend von einer Beobachtung erzählt, aber ich habe es als unwichtig abgetan. Wissen Sie, es wird hier auf der Hallig viel getratscht, besonders im Winter, wenn die Tage sich wegen der ewigen Dunkelheit in die Länge ziehen. Meine Doris hat sich gerne daran beteiligt." Ein flüchtiges Lächeln huschte über sein Gesicht. „Manchmal hat sie mir mit diesen Geschichten echt den letzten Nerv geraubt."

Emilia hätte ihn gerne zum Weiterreden gedrängt, als er eine Pause einlegte und seinen Erinnerungen nachhing, hielt sich aber zurück.

„Obwohl ich nichts darüber schnacken wollte, hat sie das Thema am nächsten Tag wieder aufgegriffen. Ihre Vermutung war, dass es vielleicht einen Zusammenhang mit dem Mordfall geben könnte. Das ging mir schließlich zu weit und ich habe den Raum verlassen, um davon nichts mehr hören zu müssen." Verlegen wischte er sich ein paar Tränen aus den Augen. „Hätte ich sie bloß ernst genommen! Vielleicht würde sie jetzt noch leben, wenn ich ihrem Verdacht nachgegangen wäre oder wir mit den Kommissaren darüber gesprochen hätten."

Mats auf Langeneß

Samstag, den 31. Dezember

Schneller als erwartet standen zwei Hubschrauber bereit, die Mats und Grimm sowie ein Team der Spurensicherung nach Langeneß flogen. Im Haus der ermordeten Doris Jansen wurden sie von einer aufgeregten Emily Anderson in Empfang genommen, die sie am liebsten sofort in das Wohnzimmer zu dem Witwer gezogen hätte.

„Mats ... Herr Sommerfeld", verhaspelte sie sich zum zweiten Mal an diesem Tag.

„Sie können mich ruhig beim Vornamen nennen, Emily. Ich darf das ja auch", lächelte er, bevor er wieder ernst wurde.

„Also gut, Mats. Piet und ich haben eben mit Nils Jansen gesprochen. Er hat uns von einer Beobachtung seiner Frau berichtet, die für den Fall vielleicht wichtig ist. Bitte kommen Sie mit und hören es sich selbst an." Aufgeregt trat sie von einem Fuß auf den anderen. So kannte Mats die Krimiautorin gar nicht.

„Wir sind gleich bei Ihnen, wollen uns vorher kurz ein Bild von dem Tatort machen", antwortete Grimm, bevor er etwas erwidern konnte. „Während die Spurensucher ihn genau begutachten, hören wir uns die Aussage an."

Grimm wirkte skeptisch. Ob es an der erneuten Beteiligung von Emily Anderson lag, die ihm nicht in den Kram passte oder lediglich seine festliche Freundlichkeit aufgebraucht war, konnte Mats nicht beurteilen. Er selbst hätte nichts dagegen gehabt, sich die vermeintliche Zeugenaussage, auch wenn sie aus zweiter Hand kam, sofort anzuhören. Auf den Anblick einer Hausfrau, die in ihrer eigenen Küche erstochen worden war, konnte er gut und gerne verzichten!

Nils Jansen saß zusammengesunken auf einem Sofa und wirkte trotz seiner stattlichen Statur zerbrechlich. Erst als Mats näherkam, sah er, dass der Witwer lautlos weinte. Piet Anderson leistete ihm in einem der Sessel stumm Gesellschaft.

Während Mats überlegte, wie er den Trauernden am besten ansprechen sollte, hob dieser den Kopf. „Sind Sie von der Polizei?", fragte er leise.

„Ja. Moin Herr Jansen, ich bin Mats Sommerfeld aus Husum. Erst einmal möchte ich Ihnen mein herzliches Beileid aussprechen." Er legte eine kurze Pause ein, um seinen Worten mehr Wirkung zu verleihen. „Emily sagte,

Ihre Frau hätte am Weihnachtsabend etwas beobachtet, das mit dem Mord an Maren Schwennsen in Zusammenhang stehen könnte. Wollen Sie uns davon berichten? Darf ich mich zu Ihnen setzen?“

Nils Jansen rückte ein wenig zur Seite und machte eine einladende Geste. „Wir hätten längst mit Ihnen sprechen sollen. Ich mache mir große Vorwürfe, aber ... ach, das habe ich Emilia schon erzählt. Bringt nichts, es zu wiederholen, das macht meine Doris nicht wieder lebendig.“ Als ihm die Stimme versagte, schlug er die Hände vors Gesicht, um sich zu sammeln.

Mats wartete geduldig, bis er in der Lage war, weiterzusprechen.

„Natürlich weiß ich nicht, ob es überhaupt wichtig ist. Das müssen Sie entscheiden, aber meine Frau fand es merkwürdig. Am frühen Abend des ersten Weihnachtstages war Doris also in der Küche mit den letzten Vorbereitungen unserer Gans beschäftigt. Da sie recht neugierig war, hat sie gewohnheitsmäßig immer mal wieder aus dem Fenster geguckt.“ Nils´ Bemerkung erfolgte ohne Ironie, er trug sie einfach als nüchternen Fakt vor. „Dabei hat sie gesehen, wie sich Wiebke Peters dem Hof unserer Nachbarn näherte.“

„Was war daran bemerkenswert?“, fragte Mats sofort. „Vielleicht hatten Ihre Nachbarn sie zum Essen eingeladen.“

Nils schüttelte sofort den Kopf. „Nein, auf keinen Fall.“

„Warum nicht?“

„Ach, wissen Sie, mir ist dieses ganze Gerede eigentlich zuwider, auch wenn Doris sich gerne die Zeit damit vertrieben hat ...“ Der Rest des Satzes blieb in der Luft hängen.

Mats wartete einen Moment, aber Nils Jansen setzte seine Ausführungen nicht fort.

„Wollen Sie es uns trotzdem erzählen?"

„Ja, natürlich. Also, es geht das Gerücht, dass Wiebke Peters ein Auge auf Enno Jakobs geworfen hat. Manche behaupten sogar, die beide hätten seit geraumer Zeit eine Affäre. Die beiden Frauen dagegen können sich nicht ausstehen, ob wegen dieser Gerüchte oder aus einem anderen Grund, kann ich Ihnen nicht sagen. Jedenfalls meinte meine Doris, ein Weihnachtsbesuch von Wiebke bei Elke und Enno sei ausgeschlossen. Dann wäre außerdem Jasper dabei gewesen."

„Wiebkes Mann", murmelte Mats bestätigend.

„Ja."

„Und was hat Ihre Frau vermutet, warum Frau Peters auf dem Jakobshof unterwegs war?", fragte Mats weiter.

„An dem Abend hat sie spontan gedacht, Wiebke wollte Enno einen kurzen Besuch abstatten. Vielleicht, um ihm ein Weihnachtspräsent zu bringen. Immerhin war sie ja mit ihrem roten Mantel passend gekleidet", kam die nüchterne Antwort.

„Ihre Frau hat sie also an ihrem roten Mantel erkannt."

„Ja, dieser knallrote Stoff war einzigartig und über halb Langeneß zu sehen, wenn sie ihn trug. Wiebke hatte ihn in Hamburg gekauft und mit Stolz allen Frauen auf der Hallig präsentiert. Ein echt schickes Ding. Ich glaube, meine Doris hätte auch gerne so einen gehabt."

„Später hat sie anders darüber gedacht?", hakte Mats nach. Seine eigenen Gedanken drehten sich nach wie vor um den Mantel. Maren Schwennsen war ohne Jacke oder Mantel aufgefunden worden. Hatte das etwas zu bedeuten oder führten ihn diese Überlegungen auf eine falsche Fährte?

Nils Jansen unterbrach seine Spekulationen. „Als Doris von Marens Tod und deren Auffinden in der Lore hörte, fand sie es verdächtig, dass Wiebke an diesem Abend über die Hallig geschlichen ist – am Weihnachtsabend und in dieser eisigen Kälte. Ohne triftigen Grund ist an diesem Abend niemand vor die Tür getreten, also hatte Wiebke vielleicht etwas mit Marens Tod zu tun. Immerhin ist sie in der Lore von Elke und Enno gefunden worden. Das ist schon ein merkwürdiger Zufall, wenn Wiebke, die Schwester des Opfers, auf deren Hof gesehen wurde. So als wäre sie auf die Idee gekommen, als sie merkte, dass die Lore nicht auf der Warft, sondern unten am Bahnhof stand."

Mats konnte der Logik nicht ganz folgen und guckte den Witwer verständnislos an. Dieser fing seinen Blick auf und fügte hinzu.

„Na, das ist doch ganz einfach: Maren hat ihre Schwester auf der Hallig besucht, vermutlich um sich auszusöhnen. Sie haben sicherlich bereits von deren Erbschaftsstreitigkeiten gehört. Der Plan schlägt fehl, die Schwestern zoffen sich wieder und Wiebke erschlägt Maren, vermutlich im Affekt, aber nicht einmal das ist sicher. Danach muss sie die Leiche loswerden. Dazu fehlt ihr der entsprechende Plan. Sie läuft also durch den eisigen Abend, in der Hoffnung dabei eine Lösung zu finden. Vielleicht hat sie sich sogar Unterstützung von Enno erhofft, wenn die beiden wirklich eine Affäre oder mehr haben. Aber das ist wieder Mutmaßung. Schließlich kommt sie auf die Idee mit der Lore, setzt ihre tote Schwester hinein und lässt diese über den Damm nach Dagebüll fahren." Erschöpft von der langen Rede lehnte sich Nils Jansen zurück.

„Das ist möglich?“, fragte Mats überrascht.

„Was meinen Sie?“

„Die Tote kann alleine in der Lore über den Damm gefahren sein?“

„Klar, wenn der Motor nicht ausfällt und sich nichts auf den Gleisen befindet, was die Fahrt behindert, ist das möglich.“

Diese Variante warf ein ganz neues Licht auf den Fall. „Und hat Doris mit Wiebke über ihre Beobachtung gesprochen?“, verfolgte Mats den nächsten Gedanken.

„Davon sagte sie mir nichts, aber da sie nun selbst ... Vielleicht hat Wiebke es vermutet und im Nachhinein bereut, diesen auffälligen Mantel getragen zu haben, als sie nach einer Möglichkeit suchte, den Leichnam ihrer Schwester loszuwerden.“

Mats bedankte sich bei Nils Jansen und wünschte ihm viel Kraft für die kommende Zeit, bevor sie das Haus vorerst verließen.

Grimm hatte sich während der Befragung komplett im Hintergrund gehalten und seinem jüngeren Kollegen das Reden überlassen. Auch während der kurzen Fahrt zur Warft von Wiebke und Jasper Peters schwieg er beharrlich. Vielleicht wollte er vor Piet Anderson, der sie in Nils Jansens Wagen fuhr, keine Mutmaßungen über das eben Gehörte anstellen. Trotzdem wollte Mats gerne wissen, wie der erfahrene Kollege den Bericht beurteilte. Zeugenaussage oder unwichtige Beobachtung? Er selbst war davon überzeugt, dass es einen Zusammenhang mit ihrem Fall gab. Einen, der vermutlich nicht so offensichtlich war, wie es auf den ersten Blick schien.

Wiebke Peters zeigte sich wenig begeistert, als sie die Tür öffnete und die Kommissare davorstehen sah.

„Sie schon wieder“, maulte sie statt einer Begrüßung. „Gibt es was Neues? Haben Sie den Mörder meiner Schwester gefasst?“

„Moin Frau Peters. So schnell geht das leider nicht, wir verfolgen aber mehrere Spuren“, antwortete Mats freundlich, bevor Grimm ihm das Wort abschnitt.

„Genug der Höflichkeiten. Wir haben Grund zur Annahme, dass Sie uns angelogen haben, was den Besuch Ihrer Schwester angeht. Das macht sich in einem Mordfall nicht besonders gut, Frau Peters. Dies ist ein Durchsuchungsbeschluss sowohl für Ihr Haus als auch für Ihre gewerblichen Räume.“ Grimm zog ein Papier aus der Tasche, faltete es langsam auseinander und hielt es ihr dann vors Gesicht. „Wo ist Ihr Mann?“

„Äh, er ist drüben in der Werkstatt“, gab Wiebke Peters stotternd zur Antwort. Mit dieser Entwicklung hatte sie offensichtlich nicht gerechnet.

„Holen Sie ihn und setzen Sie sich in Ihr Wohnzimmer“, befahl Grimm. „Wir beginnen sofort und werden in Kürze von weiteren Kollegen unterstützt.“

„Und was soll das? Wonach suchen Sie überhaupt?“, fragte Wiebke Peters in pampigem Tonfall.

„Das werden Sie früh genug erfahren. Sagen Sie jetzt Ihrem Mann Bescheid“, wiederholte Grimm seine Forderung.

Daraufhin gab sie ihren Widerstand auf. Mats und Grimm begannen die Durchsuchung im ersten Stock des Hauses, in dem sich das Schlafzimmer der Eheleute, ein Gästezimmer und ein Bad befanden. Letzteres überließen sie den Kollegen der Spurensicherung. Gut möglich, dass sich dort Fingerabdrücke oder andere Spuren von Maren Schwennsen befanden. Anders als in dem Gästezimmer.

„Na, hier wurde kürzlich gründlich gereinigt", bemerkte Grimm, als er die Tür zum Gästezimmer öffnete.

„Ja, fragt sich nur, ob es vor oder nach der Anreise von Maren Schwennsen passiert ist", murmelte Mats. „Allerdings war sie wohl ohnehin nur sehr kurz in diesem Haus. Somit ist es fraglich, ob sie sich in diesem Raum überhaupt aufgehalten hat."

„Sie wird ja zumindest ihren Koffer ausgepackt haben."

„Wer weiß, ob ihr Optimismus in Bezug auf die Dauer ihres Aufenthaltes dafür ausgereicht hat. Außerdem wollte sie ja nur ein paar Tage bleiben. Da kann man genauso aus dem Koffer leben", widersprach Mats.

„Hhm, kommt drauf an", erklärte Grimm, ohne es weiter auszuführen.

„Zumindest ist der Schrank jetzt leer", verkündete Mats, der das Zimmer betreten und dessen Türen geöffnet hatte. „Gleiches gilt für die Schubladen. Also, wenn sie hier war, sind ihre Sachen woanders hingebracht worden."

Grimm nickte: „Hier finden wir nichts. Gucken wir uns die anderen Räume an, allerdings gehe ich nicht davon aus, etwas von Maren Schwennsen zu finden."

Trotzdem durchsuchten die Kommissare das gesamte Anwesen und wurden schließlich von der Spurensicherung unterstützt. Kurz bevor Grimm die Aktion frustriert den Kollegen überlassen und sich der erneuten Befragung von Wiebke und Jasper Peters zuwenden wollte, landete Mats einen Treffer.

„Hallo! Was haben wir denn hier?", fragte er mit einem Anflug von Begeisterung, als er einen Ordner aus dem wuchtigen Aktenschrank des Büros im Nebengebäude zog.

Eine eingeheftete Klarsichthülle wurde von deren Gewicht nach unten gezogen. „Sieh mal einer an: Ein Handy und ein Portemonnaie! Jede Wette, dass diese Gegenstände unserem Opfer gehörten."

Grimm war sofort bei ihm. „Nicht gerade ein geniales Versteck. Was glauben die denn, wie schlampig wir arbeiten?", murrte er, statt sich über den Erfolg zu freuen.

„Vermutlich dachten sie, mit ihrer Geschichte durchzukommen", antwortete Mats auf die rhetorische Frage. „Aber das ist jetzt egal." Mit seinen behandschuhten Händen klappte er erwartungsvoll die abgewetzte Geldbörse auf. „Bingo! Hier steckt der Ausweis von Maren Schwennsen. Damit steht es außer Frage, dass sie hiergewesen ist."

„Davon war ich schon vorher überzeugt", bemerkte Grimm. „Kommen Sie, den Rest kann die Spusi checken. Knöpfen wir uns die beiden vor. Im besten Fall erreichen wir ein Geständnis, dann sind wir hier schneller durch als gedacht."

Mats behielt seine Zweifel eines derartig reibungslosen Ermittlungserfolgs für sich, um Grimm nicht in seiner Euphorie zu bremsen. Außerdem hatte er selbst nichts dagegen.

Wiebke und Jasper Peters saßen auf einem unbequem wirkenden Sofa. Sie unterhielten sich leise, brachen ihr Gespräch aber sofort ab, als die Kommissare das gut beheizte Wohnzimmer betraten.

Grimm hielt triumphierend die eben gefundene Beute in die Höhe. Nicht einmal die Tatsache, dass sich das Handy nicht einschalten ließ, weil der Akku wohl leer war, beeinträchtigte ihn in seiner Erwartung auf einen baldigen Abschluss des Falles.

„Möchten Sie Ihre Aussage in Bezug auf den Besuch Ihrer Schwester korrigieren?“, fragte er leicht spöttisch.

Die Eheleute guckten sich an.

„Sag ihnen, wie es gewesen ist“, forderte Jasper Peters schließlich seine Frau auf. „Es macht keinen Sinn, Marens Anwesenheit weiter zu leugnen.“

Wiebke Peters warf ihrem Mann einen grantigen Blick zu. „Sie werden mich verdächtigen, etwas mit ihrem Tod zu tun zu haben.“

„Ich fürchte, das tun sie bereits. Erzähl ihnen, was passiert ist und vertrau auf ihre Fähigkeiten. Sie werden den wahren Täter finden.“

Mats kam sich vor wie in einem Theaterstück. Die beiden führten ihre Unterhaltung, als würden die Kommissare nicht direkt vor ihnen stehen. Aus den Augenwinkeln konnte er sehen, wie Grimms Mundwinkel amüsiert nach oben zuckten. Ob er es für eine Vorstellung hielt, konnte Mats nicht deuten.

Wiebke Peters schien nicht überzeugt. Sie verschränkte die Arme vor ihrer Brust und signalisierte Abwehrhaltung.

Ihr Mann gab jedoch nicht auf, sondern redete weiter auf sie ein. „Wiebke, mach jetzt keinen Fehler. Wenn du die Aussage verweigerst, wird die Sache nur noch schlimmer. Du willst nicht für einen Mord ins Gefängnis gehen, den ein anderer begangen hat. Das ist doch dumm Tüch!“

An diesem Punkt riss Grimm der Geduldsfaden. „So, genug gesabbelt. Sie können uns jetzt hier erzählen, was passiert ist oder uns nach Husum begleiten. Die Optionen sind Ihnen ja bereits bekannt. Maren war hier. So viel steht fest und ich will jetzt wissen, wie es dazu kam, dass sie am Montag tot in einer Lore in Dagebüll gefunden wurde. Habe ich mich klar ausgedrückt?“

Jasper Peters nickte. Seine Frau starrte den Kommissar an. Ihr Mund war zu einem Strich zusammengepresst. Es versprach schwieriger zu werden, als Grimm prognostiziert hatte.

Mats überlegte, ob er sich einschalten sollte, allerdings fehlte ihm ein genialer Einfall, wie er Wiebke Peters zum Schnacken bringen konnte. Etwas anderes beschäftigte ihn, seit sie diesen Raum betreten und dem kurzen Gespräch zwischen den Eheleuten gelauscht hatten: Was meinte Jasper damit, dass sie nichts zu befürchten hatte? Entsprach das wirklich den Tatsachen oder verdrängte er die Wahrheit, weil er es einfach nicht ertragen konnte, mit einer Mörderin verheiratet zu sein? Und wie war die Reaktion von Wiebke Peters zu bewerten?

„Also gut“, unterbrach Grimm seine Gedanken. „Wenn Sie nicht mit uns reden wollen, brechen wir an dieser Stelle ab. Ich kann mir was Besseres vorstellen, als in diesem Haus meinen Silvesterabend zu begehen und die Kollegen werden es genauso empfinden. Wir nehmen Sie unter dem dringenden Tatverdacht fest, Ihre Schwester umgebracht zu haben. Sie können heute Nacht in unseren Zellen das neue Jahr begrüßen und dabei überlegen, ob Sie mit uns kooperieren wollen. Immerhin geht Ihr Mann ja von Ihrer Unschuld aus.“ Grimm hatte ruhig gesprochen, sein Tonfall war trotzdem schneidend.

Endlich schien er zu Wiebke Peters durchzudringen. Ob es die Aussicht war, die Nacht in Untersuchungshaft zu verbringen, oder die Worte ihres Mannes wirkten, blieb offen. Vielleicht war es eine Mischung aus beidem.

„Also gut. Ich schnacke mit Ihnen. Setzen Sie sich hin“, forderte sie die Kommissare auf, was diese umgehend taten.

Mats´ Eindruck war richtig gewesen: Die Polstermöbel waren so unbequem, wie sie aussahen. Er schob den müßigen Gedanken beiseite und konzentrierte sich auf das, was Wiebke Peters ihnen nun zu sagen hatte.

„Ja, Maren war hier. Ich ... wir haben sie eingeladen, um einen neuen Versuch zu starten, mit ihr ins Reine zu kommen."

„Gab es dafür einen Grund? Oder sagen wir mal, einen Anlass?", wollte Grimm wissen.

„Oliver hatte mich vor einiger Zeit angerufen und erzählt, wie schlecht es Maren ging. Sowohl psychisch als auch finanziell. Na ja, das hing wohl eng zusammen."

„Es hat Ihnen etwas ausgemacht?", provozierte Grimm.

Wiebke Peters warf ihm einen vernichtenden Blick zu. „Natürlich hat mir das etwas ausgemacht. Was haben Sie denn für einen Eindruck von mir? Sie war meine kleine Schwester!"

„Sie wollten sie finanziell unterstützen?"

„Nein, das wäre nicht nachhaltig gewesen. Maren konnte nie mit Geld umgehen. Egal, wie hoch die Summe gewesen wäre, sie hätte sie in kürzester Zeit durchgebracht und wäre wieder an dem gleichen Punkt gewesen. Nein, ich habe sie eingeladen, um zu sehen, ob wir an unsere alte Verbundenheit anknüpfen können."

Mats runzelte unwillkürlich die Stirn. Gut möglich, dass diese Geschichte wieder eine Lüge war – nach allem, was er über das Verhältnis der Schwestern gehört hatte. Trotzdem hielt er sich zurück und ließ sie weitererzählen.

„Ich glaube nach wie vor, es hätte etliche ihrer Probleme gelöst, wenn sie wieder auf die Hallig gekommen wäre. Immerhin leben wir hier nicht auf dem Mond. Mit der Lore sind wir in fünfundvierzig Minuten auf dem Festland. Das war für sie genauso möglich, um ihre Kontakte weiter zu pflegen. Sie wäre aber die ewigen Geldsorgen losgewesen."

„Nun kommen Sie mal zum Punkt, Frau Peters", moserte Grimm. „Ihre vermeintlich gut gemeinten Vorschläge haben wir zu Kenntnis genommen, aber ganz offensichtlich war Maren ja alles andere als begeistert davon. Wie lange hat es gedauert, bis sie in Streit geraten sind?"

„Nicht sehr lange", gab sie zu.

„Wann haben Sie Maren von Dagebüll abgeholt?", fragte der Kommissar weiter, um den Tagesablauf zu rekonstruieren.

„Das hat Jasper übernommen. Wann wart Ihr wieder hier?", wandte sie sich an ihren Mann.

„Muss so gegen zwölf gewesen sein", gab er zur Antwort.

Wiebke Peters nickte. „Ich hatte lediglich eine Suppe vorbereitet, weil wir ja abends die Gans essen wollten."

„Geschenkt", trieb Grimm sie weiter an. „Sie aßen also Suppe, und dann?"

„Wir haben uns erst mal auf den neuesten Stand gebracht. Da wir uns länger nicht gesehen hatten, gab es einiges zu erzählen. Bis zur Kaffeezeit war alles friedlich. Danach habe ich das Thema auf ihre Lebensumstände gelenkt und sie ist sofort ausgeflippt."

„Sie haben sich gestritten", fasste Grimm zusammen.

„Anfangs war es eher Gezicke ... Animositäten. Maren hat mir Vorwürfe gemacht, ich würde mich wieder in ihr Leben einmischen und wie immer besser wissen, was gut für sie sei. So wie ich es unser ganzes Leben gemacht hätte. Sie warf mir vor, ich würde sie nur auf die Hallig locken, damit ich sie wie früher unter Kontrolle hätte. Im Grunde sei es mir schietegal, wie es ihr ginge." Wiebke verzog das Gesicht.

Mats überlegte, ob es sich dabei um Schmerz oder Wut handelte.

„Und hatte sie damit recht?“ Grimms Frage schien sie zu treffen.

„Nein, natürlich nicht!“, widersprach Wiebke Peters vehement.

Mats war hin- und hergerissen, ob er ihr glauben konnte.

„Also gut, wie dem auch sei“, beendete Grimm das Thema. „Sie sind also in Streit geraten und was passierte im Anschluss?“

„Maren hat sich tierisch aufgeregt und sich immer weiter in ihre Vorwürfe reingesteigert. Am Ende ist sie geflüchtet.“

„Was meinen Sie damit?“, hakte Grimm nach.

„Sie ist abgehauen.“

„Abgereist?“, fragte er, obwohl der Fund aus Geldbörse und Handy dagegensprachen.

„Nein. Einfach wütend aus dem Haus gerannt. Ich dachte, sie würde frische Luft schnappen, ihre Nerven beruhigen und später zurückkehren“, antwortete sie trotzig.

„Was sie aber nicht tat.“ Grimm nervte es sichtlich, ihr jedes Wort aus der Nase ziehen zu müssen.

„Nein.“

„Was Sie nicht dazu veranlasst hat, aktiv zu werden?“

„Aktiv werden? Sollte ich über die Hallig rennen und sie suchen? Sie hatte ihr Handy liegenlassen, wie sollte ich sie denn erreichen?“, fragte Wiebke Peters. „Immerhin ist sie eine erwachsene Frau, dazu recht attraktiv und wenn sie möchte, kann sie sogar charmant sein. Als es immer später wurde, bin ich davon ausgegangen, dass sie irgendwo untergekommen ist.“

„Am Weihnachtsabend, ohne Geld und Ausweis?“ Grimms Stimme vibrierte.

„Herr Kommissar, Sie scheinen die Lage zu verkennen. Maren ist eine von uns. Sie ist hier aufgewachsen und bei den meisten Familien beliebt gewesen. In der Zeit, in der sie auf Langeneß gelebt hat, war sie nicht so problembeladen und streitlustig. Warum sollte ich mir Sorgen machen?“

Mats ließ sie nicht aus den Augen. Ganz so unkompliziert wie Wiebke Peters es darstellte, war es bestimmt nicht. Und auch sie hatte es nicht so leichtgenommen, da war er sicher. Oder aber sie machte sich jetzt im Nachhinein Vorwürfe, nichts unternommen zu haben. Wieder fiel ihm der rote Mantel ein. Grimm schien sich darüber keine Gedanken zu machen, also schaltete er sich selbst in die Befragung ein.

„Und Sie bleiben bei der Aussage, dass sie nicht draußen waren, um Maren zu suchen?“

„Ja, das habe ich doch gerade gesagt. Es war eiskalt und ich wusste ja nicht einmal, in welche Richtung sie gegangen war. Was soll die Frage?“

„Wir haben eine Zeugin, die Sie in ihrem auffälligen roten Mantel gesehen haben will“, antwortete er in aller Ruhe und war gespannt auf ihre Reaktion.

Unerwarteterweise fing sie an zu lachen. Es klang ein wenig hysterisch. „Der rote Mantel. Ja, das ist möglich, dass er gesehen wurde. Maren hat ihn sich von der Garderobe gegriffen und ist damit aus dem Haus gestürzt.“

Perplex wechselten Mats und Grimm einen Blick und starrten dann wieder Wiebke Peters an. Sagte die Schwester des Opfers die Wahrheit oder versuchte sie lediglich ihren Hals aus der Schlinge zu ziehen? War sie ihrer Schwester gefolgt und hatte sie erschlagen, weil der erneute Streit ihr zeigte, wie aussichtslos der Versöhnungsversuch war? Wollte sie den Konflikt um das Erbe auf diese Weise endgültig aus der Welt schaffen? Wurde sie von Doris Jansen dabei beobachtet und musste diese deshalb sterben?

Allerdings hatte Doris Jansen ihrem Mann Nils davon nichts berichtet.

Während Mats sich mit den Fragen beschäftigte und Antworten suchte, konzentrierte sich Grimm wieder auf die Eheleute Peters.

„Wo waren Sie heute Vormittag?"

„Heute Vormittag?", fragten beide wie aus einem Mund.

„Ja!"

„Äh, ich war beim Frühschoppen bei Hugo, so wie jedes Jahr an Silvester", antwortete Jasper Peters.

„Und Sie?"

„Ich war hier. Wofür ist das wichtig?", fragte seine Frau verwirrt.

„Ich stelle die Fragen", donnerte Grimm. „Sie hat kein Alibi", erklärte er Mats. „Für beide Tatzeiten. Wir nehmen sie vorläufig fest und beantragen einen Haftbefehl. Sie kommen mit uns aufs Festland – beide!"

Grimm schien überzeugt von der Theorie, dass Wiebke die Täterin war und ihr Mann Beihilfe geleistet hatte. Mats konnte sich der Annahme nach wie vor nicht anschließen. Irgendetwas störte ihn, aber er war nicht in der Lage, es zu benennen.

Emilia auf Langeneß

Samstag, den 31. Dezember

Zu gerne hätte Emilia die Kommissare zu Wiebke und Jasper Peters begleitet, um der Befragung beizuwohnen, aber natürlich war das nicht möglich. Also ließ sie das eben Gehörte noch einmal Revue passieren. Irgendetwas von Nils´ Erzählung hatte sie flüchtig aufhorchen lassen, aber sie konnte sich nicht mehr erinnern, welche Assoziation es bei ihr ausgelöst hatte.

„Was hältst du von der Geschichte, die Nils uns erzählt hat?“, fragte sie also Piet nach dessen Eindruck.

„Hhm, klingt alles ein bisschen weit hergeholt", brummelte dieser. „Ich sehe keinen Zusammenhang zwischen einer möglichen Affäre von Enno Jakobs mit der Schwester der Ermordeten – und dem Opfer. Warum sollte Wiebke Peters auf der Warft nach einer Möglichkeit suchen, den Leichnam loszuwerden? In ihrem knallroten Mantel? Ihre eigene Warft liegt einsam und allein, da hätte es bestimmt eine Möglichkeit gegeben. Finde ich überhaupt nicht glaubwürdig."

„Vielleicht ist sie Maren hierher gefolgt. Sie haben den Streit fortgesetzt und Wiebke hat wütend nach einer Schaufel gegriffen. Immerhin ist Doris jetzt tot. Ihre Beobachtung scheint für den Mörder – oder die Mörderin – bedrohlich gewesen zu sein", widersprach Emilia. Wieder spukte der rote Mantel durch ihren Kopf, der den Schlüssel dieses Falles zu sein schien. Konnte es sein, dass ...?

„Hhm, ja, das stimmt. Du siehst so aus, als würde dich noch etwas anderes beschäftigen", mutmaßte Piet.

„So ist es", bestätigte Emilia, obwohl es sich bislang lediglich um eine vage Idee handelte.

„Na, da bin ich aber gespannt", antwortete Piet mit seinem üblichen, leicht skeptischen Schmunzeln.

„Die zentrale Frage ist ja, ob Maren Schwennsen ihren Besuch auf der Hallig überhaupt angetreten hat."

„Eben bist du davon ausgegangen", entgegnete Piet zögernd. „Worauf willst du hinaus?"

„Was ist deine Meinung dazu? War sie hier oder hat sie in letzter Minute abgesagt?", blieb Emilia hartnäckig.

„Das kann ich dir nicht beantworten, meine Liebe. Wir haben dafür keine Bestätigung. Niemand scheint sie gesehen zu haben."

„Genau das ist der entscheidende Punkt. Niemand glaubt, sie gesehen zu haben, weil sie in dem roten Mantel unterwegs war. Alle haben natürlich sofort Wiebke Peters mit dem auffälligen Kleidungsstück in Verbindung gebracht – sowohl Doris als auch die Mörderin“, antwortete Emilia triumphierend.

„Die Mörderin? Emilia, so leid es mir tut, ich kann dir nicht folgen!“ Piet kratzte sich am Kinn.

„Also gut, ich erkläre es dir. Angenommen Maren Schwennsen ist der Einladung gefolgt. Sie wurde von der Lore abgeholt, die Schwestern sprechen über ihre Konflikte. Aber statt sich zu versöhnen, geraten sie wieder in Streit, der nach und nach immer weiter eskaliert. Sie werfen sich alles Mögliche an den Kopf ...“

„Und schließlich erschlägt Wiebke Peters ihre Schwester im Affekt. Soweit waren wir bereits. Was ist daran neu?“

„Wenn du mich ausreden lässt, erfährst du es als Erster“, stichelte sie liebevoll.

„Also gut“, brummte Piet.

„Könnte es sein, dass Maren Schwennsen aus der Situation fliehen wollte? Ihre Schwester hat sich nicht geändert. Statt Versöhnung und dem erhofften Geldsegen gibt es schlechte Stimmung und Gezeter am ersten Weihnachtstag. Am liebsten würde sie nach Hause fahren, weiß aber nicht, wie sie von der Hallig kommen soll. Um klar im Kopf zu werden und nach einer Lösung für ihr Dilemma zu suchen, will sie einfach frische Luft schnappen.“ Emilia redete sich in Rage.

„Und was ist die Pointe der Geschichte?“, zeigte sich Piet weiterhin begriffsstutzig.

„Bevor sie das Haus verlässt, greift sie nach dem roten Mantel. Vielleicht, weil der wärmer als ihr eigener ist, vielleicht aus einem anderen Grund. Das werden wir wohl nie erfahren."

„Ist vermutlich nicht wichtig."

„Genau!"

„Okay, Maren Schwennsen spaziert in dem roten Mantel ihrer Schwester durch den eisigen Abend, und dann?" Endlich war Piets Interesse geweckt.

„Das weiß ich nicht genau", musste Emilia zugeben. „Aber überleg mal: Maren sucht eine Möglichkeit von der Hallig zu kommen oder macht einen ausgedehnten Spaziergang bis zu der Warft, die sich Doris und Nils mit den Jakobs teilen."

„Wenn diese Annahme richtig ist, hat Doris Jansen nicht Wiebke Peters, sondern Maren Schwennsen in dem roten Mantel gesehen", schlussfolgerte Piet.

„So ist es! Stell dir weiterhin folgendes Szenario vor: Maren ist trotz des Mantels langsam durchgefroren. Der Wind war an diesem Nachmittag eisig. Sie sieht den Stall und will sich dort einen Moment aufwärmen, vielleicht auch darüber nachdenken, wie ihre nächsten Schritte aussehen sollen", setzte Emilia ihre Ausführungen fort.

„Warum sind die Rinder von Enno Jakobs überhaupt hier auf der Hallig? Ich habe gelesen, dass alle Tiere auf dem Festland überwintern", warf er ein.

„Also wirklich, Piet! Das ist jetzt völlig unwichtig", echauffierte sie sich.

„Oder es ist für deine Theorie gerade ausschlaggebend", antwortete er todernst, womit er sie verunsicherte.

„Bei den Tieren handelt es sich um eine wertvolle Züchtung. Da es lediglich eine überschaubare Anzahl ist, will

Enno sie im Winter in seiner Nähe haben“, erklärte sie ungeduldig.

„Woher weißt du das?“

„Von Doris. Willst du nun meine Theorie zu dem Mordfall hören oder wollen wir über die Gepflogenheiten der Halliglüüd samt ihrer Tiere diskutieren?“ Sie hob ihre Augenbraue, ein deutliches Zeichen, wie er zu reagieren hatte, wenn er nicht in Ungnade fallen wollte.

„Natürlich!“

„Das will ich dir auch geraten haben“, ließ sie sich auf seine Stichelei ein. „Also: Maren sucht in dem roten Mantel ihrer Schwester Schutz in dem Stall. Das beobachtet Elke und zieht falsche Schlüsse. Sie glaubt, Wiebke treibt sich auf dem Hof herum, um Enno abzupassen und mit ihm einen weihnachtlichen Moment zu zelebrieren.“

„Einen Weihnachtsquickie?“, lästerte Piet.

Emilia musste unwillkürlich grinsen. „Wenn du es so ausdrücken willst – meinetwegen. Sie sieht bei dem Mantel im wahrsten Sinne des Wortes rot. Vor Eifersucht brennen ihr die Sicherungen durch. Sie greift nach einer Schaufel und erschlägt im Affekt die Frau, die sie für ihre Nebenbuhlerin hält.“

„Und erleidet kurz darauf den Schock ihres Lebens, als sie ihren fatalen Irrtum bemerkt“, ergänzte Piet die mutmaßliche Rekonstruktion des Tathergangs.

„So oder so ähnlich. Auf jeden Fall muss sie die Leiche loswerden. Sie packt sie in ihr Auto und fährt zum Halligbahnhof, wo ihre Lore steht, setzt sie hinein und lässt sie nach Dagebüll fahren. Da alle mit ihrem Festtagsmahl beschäftigt sind, kommt ihr niemand entgegen und sie erreicht ungehindert das Festland. Dort wird sie am nächsten Tag gefunden und alle denken, sie wurde in Dagebüll getötet und anschließend in die Lore gesetzt."

„Möglich, aber eine derartig lange Abwesenheit der Täterin hätte ihrem Mann doch auffallen müssen", gab Piet zu bedenken.

„Er kann auch anderweitig beschäftigt gewesen sein oder die Tat seiner Frau decken", mutmaßte Emilia.

„Obwohl die Ehe der beiden schlecht lief?", fragte er.

„Ob das wirklich so ist, wissen wir nicht. Vielleicht handelt es sich dabei lediglich um ein Gerücht."

„Und Elke war grundlos eifersüchtig?"

„Auch das kann immerhin sein", überlegte Emilia.

„Aber warum hat sie der Toten den Mantel ausgezogen?", wollte Piet wissen. „Das ergibt irgendwie keinen Sinn!"

„Da magst du recht haben, deshalb wird es Zeit, die Kommissare zu informieren. Ich kann mir vorstellen, dass sie inzwischen Wiebke Peters verhaftet haben."

„Was sich eventuell als Fehleinschätzung herausstellt", nickte Piet.

„Immerhin ist unsere Theorie nicht von der Hand zu weisen und sollte überprüft werden. Vielleicht hat Elke Jakobs den Mantel aus irgendwelchen Gründen sogar aufgehoben. Mats und Grimm sollten auf jeden Fall ihren Hof durchsuchen."

„Und das Auto. Wenn unsere Überlegungen stimmen, werden sie im Kofferraum vermutlich Spuren der armen Maren Schwennsen finden", ergänzte Piet.

Emilia griff zu ihrem Mobiltelefon.

„Aber wie willst du sie von unserer Theorie überzeugen?“, fragte Piet. „Wahrscheinlich passt für sie alles zusammen. Du hast es eben selbst gesagt: Vermutlich haben sie gerade Wiebke Peters verhaftet. Da werden sie kaum umschwenken und unserer Annahme folgen.“

„Was wir uns überlegt haben, ist genauso schlüssig. Das können sie nicht einfach ignorieren. Wenn Wiebke Peters bestätigt, dass Maren in der Mordnacht den roten Mantel getragen hat, müssen sie Elke überprüfen.“

„Hhm. Das gilt besonders, wenn sie den Mantel nicht im Haus der Peters gefunden haben“, stimmte Piet zu.

„Davon bin ich überzeugt“, frohlockte Emilia. „So, und jetzt rufe ich Mats an.“

„Moin Emily“, wurde sie von einem bestens gelaunten Mats Sommerfeld begrüßt.

Sofort fühlte sie sich in ihrem Verdacht bestärkt. Bestimmt gingen die Kommissare davon aus, den Fall gelöst zu haben.

„Geben Sie es zu: Sie sind neugierig, ob wir Wiebke Peters und deren Mann überführen konnten“, plauderte er in ihre Gedanken.

„Ja, auch“, bestätigte sie. „Am meisten interessiert mich allerdings, ob Sie den roten Mantel in dem Haus gefunden haben.“

„Den roten Mantel?“, fragte Mats verwundert. „Nein, den hatte die Ermordete an, als sie im Streit das Haus verlassen hat. Der ist bisher nicht wieder aufgetaucht.“

„Und haben Sie Wiebke Peters gefragt, warum sie ihrer Schwester den Mantel ausgezogen hat, nachdem sie sie erschlagen hat?“, wollte Emilia wissen.

„Nein“, musste Mats zugeben. „Natürlich bestreitet sie nach wie vor, etwas mit der Tat zu tun zu haben.“ Kurz fasste er das von den Verhafteten Gehörte für Emilia zusammen.

„Das dachte ich mir“, kommentierte diese seine Ausführungen. „Und sind Sie wirklich davon überzeugt, dass Wiebke Peters die Täterin ist oder gibt es einen kleinen Zweifel, der Sie offen für einen möglichen alternativen Tathergang macht?“ Emilia war mit ihrer Wortwahl zufrieden. Eigentlich hatte der Kommissar keine andere Wahl, als ihrem Verdacht nachzugehen.

Einen Moment lang herrschte Schweigen am anderen Ende der Leitung. Schließlich räusperte er sich. „Sie haben eine andere Theorie?“, fragte er vorsichtig. „Wir haben eben die Eheleute Peters in Gewahrsam genommen.“

„Auch das überrascht mich nicht“, antwortete sie schlicht.

„Also gut, Emily. Ich vertraue Ihnen. Sicherlich wollen Sie uns nicht sinnlos in die Untersuchung reingrätschen, aber sind Sie sich Ihres alternativen Verdachtes sicher?“

„Ja, unbedingt.“

„Gut, dann komme ich mit Grimm zu Ihnen.“

„Soll Piet Sie abholen?“, fragte Emilia.

„Ja, das wäre prima. Grimm hat einen Wagen organisiert, aber den können die Kollegen nutzen.“

Emilia konnte es kaum abwarten, den Kommissaren ihre Vermutungen mitzuteilen. Außerdem war sie gespannt, ob Volker Grimm ebenfalls ein offenes Ohr für ihre Theorie hatte. Insgeheim würde es sie nicht wundern, wenn er sich mit dem Verhaftungserfolg zufriedengab und sich weigerte, ihre Annahmen überhaupt anzuhören. Wäre sie doch bloß selbst zu der Warft der Eheleute Peters gefahren, um die beiden abzuholen! Dann hätte sie eine Chance gehabt, ihn dort zu überzeugen. Nun war sie auf die Überredungskünste von Mats und hilfsweise Piet angewiesen. Letzterer hatte natürlich wenig Einfluss auf den erfahrenen Kriminalbeamten, da machte sich Emilia nichts vor.

Ungeduldig tigerte sie durch die Ferienwohnung und kehrte dabei immer wieder zu dem Fenster zurück, von dem sie die Auffahrt am besten im Blick hatte. Als endlich ein Auto auftauchte, rannte sie zur Treppe und wäre beinahe gestürzt. In letzter Sekunde gelang es ihr, das Gleicgewicht zu halten. Mit zitternden Knien setzte sie sich auf die Stufen und atmete tief durch. Das war gerade noch einmal gutgegangen!

Überrascht sah sie kurz darauf, wie alle drei Männer zur Tür hereinkamen. Grimm schien nicht begeistert, ließ sich aber auf die Unterredung ein. Immerhin!

„Also gut, Miss Marple, dann vertelln Sie mal. Wegen welch bahnbrechender Theorie sollen wir unsere Verhafteten wieder laufenlassen und wen haben Sie stattdessen im Fokus Ihres Verdachts?“ Grimm war nicht in der Lage seinen Sarkasmus zu unterdrücken, aber das machte Emilia nichts aus.

„Kommen Sie am besten mit in unsere Wohnung, dann erzähle ich es Ihnen.“

Wenig später saßen sie am Küchentisch. Während Piet einen frischen Tee aufbrühte, weihte Emilia die Kommissare in ihre Schlussfolgerungen ein.

„Eifersucht ist immerhin ein starkes Motiv“, kommentierte Mats, nachdem sie geendet hatte, wiegte aber seinen Kopf, was seine Zweifel zum Ausdruck brachte.

„So eine Verwechslung kann ich mir nicht vorstellen", widersprach Grimm prompt. „Aus größerer Entfernung vielleicht, aber Maren Schwennsen wurde erschlagen. Die Täterin – oder der Täter – stand direkt hinter ihr. Das muss man doch merken, wenn es sich um eine andere Person handelt."

„Na ja, bedenken Sie, dass die beiden Frauen Schwestern waren", verteidigte Emilia ihre These. „Ich weiß nicht, wie sehr sich die beiden von der Statur und der Art sich zu bewegen, ähnelten, aber das können wir ja leicht in Erfahrung bringen. Hatte der Mantel eine Kapuze? Die könnte die Verwechslung forciert haben."

„Das wissen wir nicht", antwortete Mats.

„Überhaupt glaube ich an die Schlüsselrolle des Mantels in diesem Fall", ließ Emilia sich von der Skepsis der beiden Ermittler nicht beirren. „Angenommen Wiebke Peters hat ihre Schwester umgebracht, so wie Sie es vermuten. Warum sollte sie ihr den roten Mantel ausziehen und ihn verschwinden lassen?"

„Das liegt ja nun auf der Hand, Emily. Sie wollte natürlich nicht mit dem Mord in Verbindung gebracht werden", antwortete Mats.

„Aber das ist nicht logisch! Sie ist die Schwester. Als Angehörige wird sie ohnehin als Erste verdächtigt. Den Aufwand hätte sie sich sparen können. Und wo ist er abgeblieben? Sie haben ihn bei ihr nicht gefunden. Und sonst scheint er auch nirgends aufgetaucht zu sein", spann Emilia ihre Argumentationskette weiter.

„Immerhin wurde die Tote mit der Lore von der Hallig nach Dagebüll gebracht. Wiebke wollte Marens Besuch bei ihr von Anfang an verschleiern", fand Mats weitere Gegenargumente.

„Wiebke wusste allerdings nichts von der Lore der Jakobs am Bahnhof."

„Aber da steht doch immer irgendeins dieser Vehikel."

„Und Sie meinen, Sie kam mit der Bedienung intuitiv klar? Kann man die Motoren der unterschiedlichen Fahrzeuge alle auf die gleiche Art starten?"

Das konnte Mats spontan nicht beantworten.

„Und da ist noch etwas!" Emilia kam jetzt richtig in Fahrt. „Wiebke konnte die Tote kaum zu Fuß zu dem Lorenbahnhof schleppen. Es hätte ewig gedauert, erst ihr Auto zu holen."

„Jetzt machen Sie aber einen Denkfehler, Emily. Mit großer Wahrscheinlichkeit war sie ohnehin mit dem Auto auf der Suche nach ihrer Schwester. Warum sollte sie an diesem eisigen Nachmittag zu Fuß unterwegs sein? Da wäre sie ja nicht zu Potte gekommen."

„Hhm." Emilia klang unzufrieden. „In diesem Punkt muss ich Ihnen zustimmen. Trotzdem bleiben Fragen offen. Außerdem ist das Motiv von Elke Jakobs ebenfalls nicht von der Hand zu weisen. Sie führen die Ermittlung, aber an Ihrer Stelle würde ich sie wenigstens befragen – und ihr Auto nach Spuren von Maren Schwennsen untersuchen."

Grimm gab ein Grunzen von sich, schwieg aber. Vermutlich sah er gerade den Abschluss des Falles und damit den Feierabend sowie die Abfahrt von der Hallig in weite Ferne rücken.

„Erzähl ihnen von deiner Begegnung mit Elke Jakobs kurz nach unserer Anreise", schaltete sich Piet ein.

„Was war da?", fragte Mats sofort.

Emilia berichtete von ihrem Zusammenstoß und der abweisenden Art, als sie sich dem Nachbargrundstück genähert hatte, zeigte dafür aber gleichzeitig Verständnis.

„Was meinen Sie, Grimm?“, wandte sich Mats an den erfahrenen Kollegen.

„Es gefällt mir nicht wirklich, weil es uns mehr Arbeit aufhalst. Trotzdem sind das ausreichende Verdachtsmomente, denen wir nachgehen müssen“, grummelte er. „Wir befragen Elke Jakobs. Ich befürchte, dass die Fakten für einen Durchsuchungsbeschluss zu dünn sind. Wäre natürlich praktisch, diese gleich anzuschließen, da die Spusi ohnehin hier auf Langeneß ist. Insofern sollten wir es zumindest versuchen. Das übernehmen Sie, Sommerfeld.“

„War das alles, Emily? Oder haben Sie weitere Informationen für uns?“, fragte Mats.

„Ich kann Ihnen ergänzend den Tratsch über die Jakobs wiederholen, den ich von Doris gehört habe, aber sonst bin ich fertig.“

„Wenn das so ist, ändern wir den Plan. Ich rede mit dem Richter und Sie hören sich den Klatsch an“, entschied Grimm, was Mats ein Lächeln entlockte.

Er selbst schien nichts dagegen zu haben, mehr Zeit mit ihr zu verbringen.

Mats auf Langeneß

Sonntag, den 1. Januar

Da es sich um den Silvesterabend handelte, überließ Grimm schließlich doch Mats den Anruf bei dem Richter, um den Durchsuchungsbeschluss für den Hof und das Auto der Jakobs zu beantragen. Grimms Frau war wenig begeistert, als sie von den Plänen ihres Mannes hörte, das neue Jahr auf der Hallig zu begrüßen. Und auch der Kollege selbst schien sich den Jahreswechsel anders vorgestellt zu haben. Kurz befürchtete Mats, Grimm würde die Überprüfung der von Emily vorgebrachten Theorie verwerfen, aber sein Pflichtbewusstsein siegte – oder es handelte sich um seine Ermittlerehre.

Mats war es letzten Endes egal, ob er wieder auf eine Party ging oder in der Einsamkeit von Langeneß ins neue Jahr rutschte. Genau genommen stellte es eine willkommene Abwechslung dar und die Überführung der wahren Mörderin stand eindeutig im Vordergrund. Dass es sich um eine Täterin handelte, war für den jungen Kommissar mittlerweile sicher. Beide Frauen hatten ein starkes Motiv. Er konnte die Befragung am nächsten Tag kaum abwarten. Würde sie die Lösung des Falles bringen?

Das Telefonat mit dem Richter brachte einen Rückschlag. Wider Erwarten ließ er Mats abtropfen. Die Verdachtsmomente seien für einen Durchsuchungsbeschluss zu dünn, er solle sich wieder melden, wenn die Befragung diese verdichtet hätten. Das Argument der ohnehin anwesenden Spusi überhörte er geflissentlich.

Andere wären vielleicht frustriert gewesen, aber Mats fühlte sich erst recht angespornt. Er würde diesen Doppelmord aufklären! Ohne Beschluss musste die Vernehmung lediglich sorgfältiger vorbereitet werden. Mats nahm die Herausforderung an – Silvester hin oder her. Die Kollegen hatte er ohnehin aus den Augen verloren. Entweder sie waren auf einer Party oder nach Hause geflogen. Er dagegen stürzte sich in die Arbeit.

Kurz vor Mitternacht holte er sich einen Piccolo aus der Minibar und stieß mit sich selbst an. Grimm war mit den Technikern von der Spurensicherung verschwunden, aber auch das störte Mats nicht. Kurz überlegte er, ob sie aufs Festland geflogen waren und mindestens sein Kollege am nächsten Morgen wieder zurückkehren würde, wischte den Gedanken allerdings als unwichtig beiseite. Wenn er tatsächlich bei dem Verhör auf sich alleine gestellt war, würde er trotzdem erfolgreich sein!

Überraschenderweise erwartete ihn am nächsten Morgen ein frischer und bestens gelaunter Grimm im Frühstücksraum des Hotels, in dem sie aufgrund kurzfristiger Stornos mehrere Zimmer ergattert hatten. Die Kollegen von der Spurensicherung weilten ebenfalls nach wie vor auf der Hallig.

„Frohes Neues, Sommerfeld! Wo haben Sie gestern Abend gesteckt? War wirklich eine nette Party“, begrüßte Grimm ihn über den Rand seiner Kaffeetasse hinweg.

„Ihnen auch ein frohes neues Jahr, Kollege Grimm! Mir war nicht zum Feiern zumute. Der Richter verweigert seine Unterstützung. Wir müssen es also ohne stemmen.“

„Wie ich mir dachte. Kann ich Ihre Notizen mal sehen?“

Mats warf ihm einen skeptischen Blick zu. Eigentlich wollte er die Früchte seiner Arbeit nicht aus der Hand geben.

„Keine Sorge, Sie leiten die Befragung. Vielleicht kann ich Sie aber mit ein paar Anmerkungen unterstützen“, bot Grimm an.

„Muss ja eine tolle Party gewesen sein“, murmelte Mats. Wenn der Kollege zu freundlich war, wurde er grundsätzlich misstrauisch.

„Hhm, ja, war mal was anderes. Manchmal muss man sich auf Neues einlassen.“

„Aha.“

„Nun zeigen Sie schon her“, forderte Grimm ihn erneut auf.

Also zog Mats seinen Block aus der Tasche und reichte ihn über den Tisch.

„Oh, auf Papier! Ich hatte damit gerechnet, jetzt Ihr Handy zu bekommen.“

Mats lachte. „Das könnte Ihnen so passen. Viel Spaß, ich hol mir was vom Buffet."

Eine Stunde später erreichten sie den Jakobshof. Die Luft war kalt und klar. Um kurz Kraft für die Befragung von Elke und Enno Jakobs zu tanken, ließ er den Blick über die Nordsee schweifen. Die Insel Föhr und das kleine Oland schienen zum Greifen nah. An diesem frühen Vormittag war weder an Land noch auf dem Wasser jemand unterwegs. Er genoss den Augenblick der Ruhe, der mit dem Klingeln an der Tür des Wohnhauses beendet werden würde.

Emily hatte ihn auf die Begegnung mit Elke Jakobs vorbereitet. Unwillkürlich fragte sich Mats, ob sie den Kommissaren genauso fünsch begegnen würde oder vielleicht lediglich einen schlechten Tag hatte, als sie die Krimiautorin von ihrem Grundstück verwies.

„Na, dann wollen wir mal", unterbrach Grimm seine Gedanken, womit der Augenblick der Stille vorbei war.

Im gleichen Moment, in dem er auf die Klingel drückte, ertönte lautes Hundegebell. Durch das mattierte Glas der Haustür war zu sehen, wie mindestens zwei große kläffende Exemplare auf sie zustürmten. Mats mochte Hunde. Wenn es nicht so schwierig mit seinem Job zu vereinbaren wäre, hätte er sich längst einen eigenen zugelegt, aber diese beiden schienen ihnen keinen freundlichen Empfang bereiten zu wollen.

„Caesar, Brutus! Aus!", donnerte eine tiefe Stimme durch die geschlossene Tür.

Sofort verstummte das Gebell. Direkt im Anschluss passierte nichts. Mats war versucht, die Klingel erneut zu betätigen, aber Grimm hob seine Hand

„Warten Sie, er sperrt bestimmt die Hunde weg."

Kurz darauf wurde die Tür geöffnet. Vor ihnen stand ein Hüne, den Mats auf knapp zwei Meter schätzte. Neben seiner Größe war seine Muskelmasse beeindruckend, wenn nicht sogar einschüchternd. Der Kommissar fragte sich unwillkürlich, ob er sich mit seiner Annahme, es mit einer Täterin zu tun zu haben, gründlich täuschte. Wenn dieser Kerl zur Schaufel griff, blieb kein Auge trocken. Darüber hinaus hätte er bestimmt keine Mühe, einen weiblichen Leichnam verschwinden zu lassen. Ihm hätte Mats sogar zugetraut, die Tote bis zum Lorenbahnhof zu tragen.

„Ja?", kam die ungeduldige Frage.

Grimm stellte die Kommissare vor und wünschte ein gutes neues Jahr. Für die Störung an diesem Feiertag entschuldigte er sich nicht.

„Und?"

„Sind Sie Enno Jakobs?"

„Klar, wer sonst? Worum geht es denn?"

„Wir möchten mit Ihnen und Ihrer Frau reden", übernahm Mats.

„Das passt jetzt überhaupt nicht. Meine Frau hat Kopfschmerzen. Sie liegt im Bett", versuchte der Landwirt die unerwünschten Besucher abzuwimmeln.

„Es ist wichtig", erklärte Mats. „Entweder Sie lassen uns eintreten oder wir müssen Sie mit nach Husum nehmen", probierte er es mit der Taktik, die bei dem Ehepaar Peters gewirkt hatte.

„Es geht um den Mordfall Maren Schwennsen. Lassen Sie uns nun herein?", forderte Grimm in barschem Tonfall.

„Also gut. Ich weiß zwar nicht, was wir damit zu tun haben sollen, aber wenn es der Wahrheitsfindung dient - meinetwegen. Nehmen Sie in der Küche Platz. Ich hole meine Frau." Er wies ihnen den Weg und stieg dann die Treppen in das Obergeschoss hinauf.

Während sich Grimm setzte, ließ Mats seinen Blick durch den Raum wandern. Er machte einen gepflegten Eindruck. Vom gestrigen Abend standen zwei Sektflaschen und lediglich zwei Gläser herum. Diese waren wohl die Ursache für die Kopfschmerzen, wenn sie denn der Tatsache entsprachen. Obwohl die Nachbarin der Jakobs am Vormittag des Silvestertages ermordet worden war, hatten die beiden offensichtlich gefeiert. Mats versuchte neutral zu bleiben, merkte aber selbst, wie schwer ihm das fiel.

Schließlich wurde er ungeduldig. „Mann, das dauert ja ewig!", moserte er, obwohl das sonst nicht seiner Art entsprach. „Meinen Sie, dass die abgehauen sind?"

„Im ersten Stock aus dem Fenster geklettert?", stellte Grimm die Gegenfrage. „So sportlich sah der Hausherr eigentlich nicht aus. Ich guck mal nach", bot er trotzdem an. „Irgendwann wollen wir ja auch mal nach Hause."

Mats stöberte weiter in der Küche, ohne den fehlenden Durchsuchungsbeschluss zu vergessen.

Endlich kehrte der Kollege in Begleitung des Ehepaares zurück. Elke Jakobs hatte sich flüchtig zurechtgemacht, sah aber trotzdem leicht zerzaust und darüber hinaus recht angestrengt aus. Vermutlich wurde sie tatsächlich von Kopfschmerzen geplagt.

„Ich koche mal `ne Kanne Kaffee", bot Enno Jakobs an. „Setz dich, Elke."

Wieder übernahm Grimm die Vorstellung und nickte Mats danach zu, die Befragung zu eröffnen.

„Frau Jakobs, wir ermitteln in den Mordfällen Maren Schwennsen und Doris Jansen."

Die Angesprochene verengte die Augen zu Schlitzen, verkniff sich jedoch einen Kommentar und wartete ab, was er wissen wollte.

„Dafür überprüfen wir die Alibis der Menschen aus dem Umfeld der beiden Opfer“, führte Mats weiter aus, um den Gesprächseinstieg möglichst allgemein zu halten.

„Aus dem Umfeld?“, fragte sie prompt. „Wir gehören wohl kaum zu Marens Umfeld. Das ist ewig her.“

„Ja, dieser Tatsache sind wir uns bewusst, allerdings wurde Maren Schwennsen am Nachmittag des ersten Weihnachtstages auf Ihrer Warft gesehen.“ Mats folgte seiner Strategie.

„Hier bei uns?“ Scheinbar wollte sie Zeit gewinnen.

„So ist es. Was haben Sie an diesem Nachmittag gemacht?“

„Na, was schon? Wir haben uns auf einen festlichen Abend vorbereitet“, antwortete Elke Jakobs lapidar.

„Können Sie das etwas genauer ausführen?“, hakte Mats nach.

„Wir haben gekocht. Das machen wir jedes Jahr.“ Dabei starrte sie auf die Tischplatte.

Mats guckte zu Enno Jakobs, der seinem Blick ebenfalls demonstrativ auswich. „Können Sie das bestätigen, Herr Jakobs?“

„Ja, ich habe gekocht“, bestätigte dieser.

Obwohl ihm die Nuance in der Beantwortung der Frage auffiel, verzichtete Mats darauf, das Thema an dieser Stelle zu vertiefen. Er würde später darauf zurückkommen. „Verstehe.“

Gerade wollte er zur nächsten Frage ansetzen, da meldete sich Elke Jakobs zu Wort. War auch ihr der Wortlaut ihres Mannes aufgefallen?

„Wofür brauchen wir überhaupt ein Alibi? Warum sollten wir Maren umbringen? Wir haben seit Jahren gar nichts mehr mit ihr zu tun!" Aus ihren Augen blitzte Wut. Versteckte sich dahinter auch Angst oder bildete sich Mats das nur ein, weil er es gerne sehen wollte?

Immerhin bot sie ihm eine Steilvorlage für den nächsten Punkt auf seiner Liste. „Nach unserer Annahme könnte es sich um eine Verwechslung handeln. Maren Schwennsen trug den auffälligen roten Mantel ihrer Schwester."

„Damit ist natürlich alles erklärt!", fauchte sie. „Sicherlich können Sie mir sagen, welchen Grund ich hatte, Wiebke umzubringen."

„Ja, Frau Jakobs, das kann ich in der Tat. Eifersucht."

„Eifersucht?"

„Uns ist zu Ohren gekommen, dass sie Ihrem Mann eine Affäre mit Wiebke Peters unterstellt haben", bestätigte Mats.

„Ihnen ist zu Ohren gekommen?", äffte sie ihn sofort nach. „Sie beziehen die Informationen, auf denen Sie Ihre Mordtheorie aufbauen, von der Klatschbase der Hallig und bezichtigen mich des Mordes?"

„Ja", antwortete Mats schlicht, um sie zu provozieren.

„Und die habe ich dann wohl ebenfalls zum Schweigen gebracht!", ätzte Elke Jakobs.

„Der Verdacht drängt sich automatisch auf. Was haben Sie gestern Vormittag gemacht? Können Sie ein Alibi vorweisen?"

Ihre Wut verwandelte sich nun deutlich in Angst. Eine Antwort blieb sie schuldig.

„Ein Geständnis wirkt sich auf jeden Fall positiv auf das Strafmaß aus, Frau Peters", erhöhte Grimm den Druck. „Wenn Sie nicht kooperieren, können wir alternativ einen

Durchsuchungsbeschluss beantragen und Ihnen die Bude auseinandernehmen. Dazu gehört ebenfalls Ihr Auto. Werden wir da Spuren von Maren Schwennsen finden?"

Elke Jakobs wurde blass. „Ich will einen Anwalt", forderte sie.

Einen Moment lang war es still im Raum. Weder Grimm noch er selbst hatte mit dieser Entwicklung gerechnet, nahm Mats aus den Augenwinkeln wahr, als er den überraschten Gesichtsausdruck seines Kollegen sah. Umso mehr schreckten alle zusammen, als die mächtige Faust des Hausherrn auf den Tisch der heimeligen Küche krachte.

„Was geht hier eigentlich vor?", brüllte er seine Frau an. „Willst du allen Ernstes behaupten, eifersüchtig auf Wiebke zu sein? Stimmt die Behauptung dieser Polizisten etwa, dass du wegen ein paar haltlosen Gerüchten zur Mörderin geworden bist?"

Seine Frau schwieg betroffen. Ihr Blick war fragend.

„Nein, natürlich habe ich keine Affäre mit Wiebke. Bist du von allen guten Geistern verlassen? Wie lange kennst du mich? Traust du mir sowas wirklich zu?"

Ihr Nicken war kaum zu erkennen.

„Ich fasse es nicht!", regte sich Enno Jakobs weiter auf. „Als ob wir nicht genug Herausforderungen zu bestehen haben. Tue ich nicht alles für dich, damit zu ein komfortables Leben hast? Wie bist du bloß auf so eine bescheuerte Idee gekommen? Vertraust dem Gesabbel der Leute mehr als deinem eigenen Mann!" Seine Wut schlug in Fassungslosigkeit und schließlich Traurigkeit um. „Du hast unser ganzes Leben zerstört!"

„Aber das kann nicht sein", flüsterte Elke Jakobs. „Du hast so oft ihre Nähe gesucht."

„Wiebke hat immer ein offenes Ohr für mich. Sie ist zu einer guten Freundin geworden, die sich für meine Belange interessiert und nicht nur auf sich fixiert ist“, antwortete Enno seiner Frau.

Die Anwesenheit der Kommissare schienen beide komplett vergessen zu haben.

„Ausgerechnet Wiebke, dieses egoistische Miststück?“, regte sich nun Elke Jakobs auf. „Das glaube ich dir nicht!“

„Ja, das scheint das zentrale Problem zu sein“, antwortete er traurig. Schließlich erinnerte er sich an die Aussage von Grimm. „Sie brauchen keinen Durchsuchungsbeschluss zu beantragen, Herr Kommissar. Ich erteile Ihnen hiermit die Erlaubnis, unseren Hof und mein Auto kriminaltechnisch zu untersuchen. Ich war gestern Vormittag beim Frühschoppen von Hugo, hier auf der Hallig. Ich kann Ihnen gerne die Adresse geben. Meine Frau war zu Haus. Was sie am Nachmittag des ersten Weihnachtstages gemacht hat, weiß ich nicht. Wie in jedem Jahr habe ich das Festmahl alleine vorbereitet. Sonst koche ich nur selten, aber das ist mir eine liebgewonnene Tradition geworden, die mehrere Stunden in Anspruch nimmt. Dabei will ich möglichst nicht gestört werden.“

Mats konnte es nicht fassen! Der enttäuschte Ehemann nahm ihnen tatsächlich die ganze Arbeit ab. Insgeheim hatte er auf diese Entwicklung gehofft, es sich aber wesentlich schwieriger vorgestellt. Während er die Reaktion von Elke Jakobs beobachtete, die kraftlos in sich zusammengesackt war, zog Grimm sein Mobiltelefon aus der Tasche und orderte das Team der Spurensicherung.

Bestimmt würden sie in dem Wagen Haare oder Hautpartikel von Maren Schwennsen finden. Ob der rote Mantel ebenfalls wieder auftauchte?

Emilia auf Langeneß

Sonntag, den 1. Januar

Emilia rannte unruhig zwischen dem Küchenfenster und dem Sessel im Wohnzimmer, in dem Piet es sich gemütlich gemacht hatte, hin und her.

„Setz dich einfach zu mir, meine Liebe", forderte er sie behutsam auf. „Die Kommissare sind erst vor einer Viertelstunde rübergegangen. Ich schätze, es wird eine Weile dauern, bis es Ergebnisse gibt."

„Aber ich will auf keinen Fall etwas verpassen. Komm doch mit in die Küche, von dort haben wir die beste Aussicht auf den Jakobshof."

„Ich denk nicht dran“, lächelte Piet ihr ins angespannte Gesicht. „Dieser Sessel ist äußerst bequem und im Gegensatz zu dir kann ich die Rückkehr der Ermittler entspannt abwarten.“

„Du siehst aber nicht, ob und wann die Spurensicherung eintrifft“, quengelte Emilia.

„Du führst dich auf wie ein ungeduldiges Kind.“

„Ja, lach mich nur aus. Es war meine Idee. Jetzt will ich auch wissen, ob sie richtig war.“

„So kenne ich dich gar nicht. Sonst stehst du viel mehr über den Dingen. Mats Sommerfeld wird dich auf jeden Fall informieren, das weißt du genau. Er ist nicht nur ein erklärter Fan von dir ...“

„Von uns.“

„Ja, aber persönlich mittlerweile von dir. Und er wird innerhalb einer halben Stunde nicht vergessen haben, wer die Urheberin dieses Ermittlungsansatzes ist. Wenn es was Neues gibt, wird er hierherkommen und dich informieren.“ Piet versteckte sich wieder hinter seiner Zeitung.

Vermutlich wollte er sich ungestört auf ihre Kosten amüsieren, ohne sich einen weiteren Rüffel einzufangen.

„Ich guck mal, ob die Spurensicherung schon da ist“, erklärte Emilia und eilte wieder in die Küche.

Ohne ihn zu hören, konnte sie sich seinen Kommentar vorstellen. Aber davon wollte sie sich nicht beeinträchtigen lassen! Sie war eben neugierig, wie die Lösung dieses Doppelmordes nun aussah. Hatte sie mit ihrer Rekonstruktion des Tathergangs tatsächlich ein Fehlurteil verhindert oder war sie auf dem Holzweg? Insgeheim machte sie sich darüber ein wenig Sorgen. Kommissar Volker Grimm hielt ohnehin nichts von ihrer Einmischung, da gab es nicht viel zu verlieren.

Anders war das bei dem jungen Mats Sommerfeld. Es beflügelte sie, ihm behilflich sein zu können.

Und was für ein Zufall! Ausgerechnet an diesem Tag die Fahrt auf diese Hallig angetreten zu haben und damit direkt in die Ermittlung hineingezogen zu werden. Das konnte unmöglich umsonst und ohne Sinn gewesen sein. Sie warf einen letzten Blick auf den Hof der Nachbarn, auf dem sich allerdings nach wie vor nichts rührte.

„Ich brühe uns mal einen starken Tee", rief sie Piet zu.

„Mach das", kommentierte er und fügte leiser hinzu: „Dann bist du wenigstens beschäftigt."

Emilia tat, als ob sie die Bemerkung nicht gehört hätte und lächelte. Sie war überzeugt von ihrer Annahme und ihr Mann würde am Ende stolz sein, dass sie erneut maßgeblich an der Aufklärung des Falles beteiligt gewesen war.

Als sie kurz darauf mit dem gut gefüllten Tablett ins Wohnzimmer kam, ließ er langsam seine Zeitung sinken. „Warte mal, ich glaube, ich höre ein Auto kommen. Das ist bestimmt die Spurensicherung", sagte er todernst.

Im ersten Impuls wollte sie es schnell abstellen, um wieder in die Küche zu eilen, aber dann sah sie das Zucken seiner Mundwinkel.

„Na, du amüsiert dich ja königlich auf meine Kosten", schmollte sie. „Ich kann meinen Tee auch alleine trinken."

„Ach, was. Alleine bist du nur ein halber Mensch, eine halbe Emily eben. Komm, setz dich zu mir. Lass uns mit deinem Tee noch einmal auf das neue Jahr anstoßen. Du hast mir gestern gar nicht verraten, welche Wünsche du hegst." Piet legte die Zeitung zur Seite.

„Hhm, da habe ich vor lauter Aufregung gar nicht drüber nachgedacht. Und du, hast du Wünsche?", fragte Emilia mit einem Lächeln, bevor sie den Tee einschenkte.

„Fürs Erste würde es mir genügen, wenn wir uns wieder auf fiktive Kriminalfälle konzentrieren“, bemerkte er. „Die strapazieren deine Nerven wesentlich weniger.“

„Ja, das ist wohl richtig, aber was soll ich machen, wenn die echten Mordfälle zu mir kommen? Da kann ich ja schlecht meine Unterstützung verweigern.“

„Auf keinen Fall. Gut, der Tee. Immerhin lenkt dich die Ermittlung nicht zu sehr ab.“

Emilia ließ sich auf das Geplänkel ein und nahm Piet gegenüber in dem zweiten Sessel Platz. Auch wenn es ihr schwerfiel, schaffte sie es, sitzen zu bleiben, bis es schließlich über zwei Stunden später an der Tür klingelte.

„Klar, das werden sie sein“, kommentierte Piet trocken. „Ehrlich gesagt, bin ich nun ebenfalls gespannt, was sich daraus ergeben hat.“

Emilia riss die Tür auf und sah erleichtert, dass wirklich die beiden Kommissare davorstanden. Etwas anderes hätte sie nach dieser langen Wartezeit kaum verkraftet. Beide zeigten ernste Mienen, aus denen sie nichts herauslesen konnte. Heute schienen alle ihre Geduld auf die Probe stellen zu wollen. Also gut, nun hatte sie es so lange ausgehalten, sie würde es ein paar weitere Minuten überstehen.

„Kommen Sie rein“, forderte sie die Kommissare lässig auf, statt sie zu bestürmen, ihr das Ergebnis der Befragung und möglichen Durchsuchung sofort zu verraten.

„So, nun berichten Sie mal“, forderte Piet die beiden auf, nachdem sie sich im Wohnzimmer gesetzt hatten. „Emilia tut zwar jetzt ganz cool, aber in Wirklichkeit kann sie es gar nicht abwarten, endlich zu hören, was Sie auf dem Jakobshof erreicht haben.“

Nach dieser Aufforderung grinste Mats über das ganze Gesicht und Volker Grimm nickte ihr anerkennend zu.

„Ihre Vermutung war absolut richtig, Emily“, bestätigte Mats und berichtete, was sie eben auf dem Jakobshof erlebt hatten. „Natürlich steht die genaue Analyse der Spurensicherung noch aus, aber es wurden verschiedene Haare in dem Kofferraum des Wagens gefunden. Dabei ist es sehr wahrscheinlich, dass von Maren Schwennsen welche dabei sind.“

„Dann hat Elke Jakobs die Morde gestanden?“, fragte sie aufgeregt.

„Lassen Sie uns der Reihe nach erzählen, so bleibt es für Sie spannender. Direkt nach Ennos Ausführungen hat sie lediglich einen Anwalt verlangt“, antwortete er.

„Unglaublich, wie Enno Jakobs sich verhält“, sinnierte Emilia.

„Ja, im ersten Moment waren der Kollege Grimm und ich ebenfalls sprachlos, aber er hat es uns erklärt, obwohl wir nicht nachgefragt haben. Wie vermutet läuft die Ehe der Jakobs nach seiner Aussage schon lange schlecht. Im Grunde bestätigt er das, was die arme Doris Jansen Ihnen berichtete: Er hat immer nur gearbeitet, sie machte es sich gerne bequem. Obwohl er ihr alles geboten hat, was er leisten konnte – und das war wohl gar nicht so wenig – blieb sie unzufrieden. Am Ende gab es kaum noch gemeinsame Unternehmungen oder Dinge, die sie verbunden haben.“

„Also lag Doris mit der Liaison richtig?“, fragte Emilia atemlos.

„Nein, er bestreitet es. Wiebke war für ihn lediglich eine gute Freundin. Auf seinem Handy befanden sich keine Liebesbotschaften. Auf den ersten Blick scheint er die Wahrheit zu sagen. Die Spurensicherung hat seinen Computer mitgenommen, außerdem diverse Papiere. Vielleicht liefern die weitere Erkenntnisse."

„Wirkte der Mann glaubwürdig?" Emilias Blick wanderte zwischen Mats und Grimm hin und her. Der Ältere hatte weit mehr Lebens- und Ermittlungserfahrung. Sie war besonders an seinem Urteil interessiert.

„Ich denke, er sagt die Wahrheit. Warum sollte er jetzt lügen? Selbst wenn er eine Affäre mit Wiebke Peters hätte, wäre das nun wirklich kein Grund, diese zu erschlagen. Die Verwechslung macht den Fall besonders tragisch."

Emilia nickte. „Und dass die vermeintliche Zeugin Doris sterben musste! Hätte Maren sich bloß nicht diesen roten Mantel angezogen! Ich vermute, den haben Sie bei der Durchsuchung des Hofes gefunden?"

„Ich dachte schon, Sie fragen nie", platzte Mats heraus. „Ja, tatsächlich haben wir den Mantel tief vergraben in Elke Jakobs´ Kleiderschrank gefunden."

„In ihrem Schrank? Ich hatte jetzt eher damit gerechnet, irgendwo im Stall, auf dem Heuboden oder an einem anderen Ort, der für Fremde zugänglich war", wunderte sich Emilia.

„Das hat uns ebenfalls überrascht. Noch verwunderlicher war allerdings ihre Reaktion, als wir ihn als Beweisstück einpacken und mitnehmen wollten." Mats legte eine Pause ein, um die Spannung zu erhöhen, die prompt ihre Wirkung nicht verfehlte.

„Spannen Sie uns nicht weiter auf die Folter", erwiderte Piet an ihrer Stelle.

Mats lachte. „Das können Sie sich nicht vorstellen. Sie stürzte sich wie eine Furie auf den Techniker, als er mit dem Mantel im Arm den Raum betrat."

„Hat sie was gesagt?"

„Geschrien trifft die Sache eher", murmelte Grimm.

Mats nickte. „Geben Sie mir sofort den Mantel! Der gehört jetzt mir und Sie werden ihn mir nicht wieder wegnehmen."

„Sie wurde geradezu hysterisch", ergänzte Grimm. „Der Techniker hat ihn ihr ausgehändigt. Wir haben uns davon versprochen, auf diesem Weg mehr herauszubekommen."

„Hat sie an diesem Punkt die Morde gestanden?", fragte Emilia.

„Ja, sie hatte sich nach dem Auftauchen des Mantels nicht mehr unter Kontrolle. Er scheint die Emotionen des Weihnachtstags wieder hochgespült zu haben."

„Verstehe ich trotzdem nicht. Wenn Maren Schwennsen den Mantel getragen hätte, wäre der Verdacht doch viel eher auf ihre Schwester gefallen. Da hätte sie sich sogar die ganze Aktion mit der Lore sparen können", echauffierte sie sich.

„Nüchtern betrachtet ja. Aber Elke Jakobs war blind vor Eifersucht, als sie zugeschlagen hat. Der Mantel muss sie zusätzlich getriggert haben. Zum einen hätte sie selbst gerne so ein hochwertiges Stück besessen, zum anderen wurde sie noch wütender, weil bei ihr der Eindruck entstand, Wiebke würde sich nicht einmal die Mühe machen, ihre Anwesenheit und die Affäre zu verheimlichen. Stattdessen stolzierte sie mit dem auffälligen Teil über den Hof. Elke fühlte sich dermaßen provoziert, dass ihr alle Sicherungen durchbrannten." Mats holte einmal tief Luft. „Haben Sie vielleicht eine Tasse Tee für mich übrig?"

„Aber eins verstehe ich nicht: Warum war Elke Jakobs dermaßen eifersüchtig, wenn die Ehe gar nicht mehr glücklich war?", fragte Emilia, die Bitte nach dem Tee ignorierend.

„Dafür gab es wohl zwei Gründe: Zum einen hat Enno Jakobs den Lebensstandard seiner Frau gesichert. Im Falle einer Scheidung hätte sie die Hallig verlassen und selbst dafür sorgen müssen. Das wollte sie vermeiden. Und obwohl sie nicht mehr glücklich mit ihrem Mann war, gönnte sie ihm keine neue Liebe mit einer anderen – und Wiebke Peters schon gar nicht das Glück mit Enno."

„Das erklärt trotzdem nicht, warum sie den Mantel behalten hat", antwortete Emilia, während Piet sich um eine Kanne frischen Tee kümmerte.

„Als sie ihren Irrtum entdeckte, geriet sie in Panik und konnte kaum noch logisch denken."

„Verständlich. Hört sich trotzdem so an, als wollte sie den Mantel behalten – als eine Art Trophäe oder um Wiebke wenigstens damit eins auszuwischen."

„Gut möglich", erwiderte Mats. „Ich bin kein Psychologe."

„Und hat Doris ihr gegenüber einen konkreten Verdacht geäußert?", wollte Emilia auch den zweiten Mordfall geklärt sehen.

„Verdacht kann man es wohl nicht nennen. Sie hat lediglich erwähnt, Wiebke in ihrem roten Mantel auf ihrer Warft gesehen zu haben. Das hat ausgereicht, um von Elke Jakobs zum Schweigen gebracht zu werden."

„Schrecklich. In diesem traurigen Fall hat ihre Neugier sie umgebracht", kommentierte Emilia.

„Verbunden mit ihrer Angewohnheit, den Klatsch und Tratsch mit den anderen Halligbewohnern zu teilen", ergänzte Mats.

„Arme Doris. Wäre ich doch bloß früher in der Küche gewesen, um ihr zu helfen. Vielleicht hätte ich den Mord verhindern können."

„Auf keinen Fall“, ließ Piet verlauten, der den Raum gerade wieder betreten hatte. „Sie hätte auch euch beide erstechen können.“

Epilog

Nachdem die Kommissare Emilia und Piet wieder verlassen hatten, fing das Schriftstellerpaar an, die Koffer zu packen. Schneller als erwartet war die Woche auf Langeneß vergangen. Nils hatte angeboten, sie wieder mit der Lore zum Festland zu bringen, aber davon wollte Piet nichts mehr wissen. Bereits am Vormittag hatte er zwei Plätze auf der Fähre nach Schüttsiel gebucht.

„Das ist umständlich", widersprach Emilia prompt. „Unser Auto steht in Dagebüll."

„Meine Liebe, die Geschehnisse der letzten Tage scheinen die Karte von Schleswig-Holstein aus deinem Gedächtnis gelöscht zu haben. Die Entfernung zwischen den beiden Orten beträgt gerade mal acht Kilometer. Ich lade dich hiermit zu einer Taxifahrt ein."

Emilia musste unwillkürlich lächeln. „Da habe ich mich tatsächlich verschätzt. Also gut, gegen eine Schifffahrt zum Ende unseres Urlaubs habe ich nichts einzuwenden."

„Unseres Urlaubs? Du bist wirklich unverbesserlich! Diese nervenaufreibende Zeit als Urlaub zu bezeichnen, das schaffst wohl nur du."

„Wer hat sich denn beklagt, dass auf einer Hallig – noch dazu im Winter – überhaupt gar nichts los ist und man sich vor lauter Langeweile nicht einmal richtig entspannen kann", hielt sie prompt dagegen.

„So habe ich es nicht ausgedrückt! Allerdings hört es sich bei dir jetzt so an, als hättest du die Morde inszeniert, damit ich mich nicht langweile", haute Piet eine gewagte These raus.

„Das ist natürlich übertrieben, aber spannend war es trotzdem."

„Ich verstehe deinen Stolz, maßgeblich zu der Aufklärung des Doppelmordes beigetragen zu haben. Im nächsten Urlaub würde ich es trotzdem bevorzugen, einfach mal zu entspannen."

„Ich übertrage dir hiermit die Planung. Du darfst entscheiden: wo, wann und wie lange. Beschwer dich aber nicht, wenn wir trotzdem auf einen Leichnam stoßen."

***

Die Handlung und alle handelnden Personen sind frei erfunden. Jegliche Ähnlichkeit mit lebenden oder realen Personen wäre rein zufällig und nicht beabsichtigt.

Kleines Lexikon norddeutscher Begriffe

Moin/Moin Moin	Begrüßung für den ganzen Tag
zu Potte kom-men	weitermachen, fertig werden
Gosch	Fischrestaurant aus Sylt
sabbelig	redselig
piesacken	zusetzen, triezen
Gezuckel	langsames Fahren
„mach hinne"	mach weiter, werde fertig!
Klönschnack	gemütliche Plauderei
schnacken	sich unterhalten
dumm Tüch	dummes Zeug
lütt	klein
Buddel Köm	Flasche Korn
scheun	schön
grienen	Grinsen, lächeln
Priel	Rinne im Wattenmeer, in der sich auch bei Ebbe Wasser befindet
min seute Deern	mein süßes Mädchen
vertellen	erzählen
Schiet	Scheiße
Kopp in Nacken	Kopf in den Nacken
verklickern	erklären
Friesengeist	nordischer Schnaps
Pharisäer	Kaffeespezialität mit Rum und Schlagsahne
Pott Kaffee	Becher Kaffee
aufgebretzelt	chic angezogen/zurecht gemacht

schnieke	Chic
Rundstück	einfaches helles rundes Brötchen
Alsterwasser	Bier und weiße Limonade
Gedöns	als überflüssig erachtete Gegenstände
Scheibenkleister	s. Schiet
Butter bei die Fische	Klartext reden, nichts zurückhalten
Auf dem Kieker	Besondere Aufmerksamkeit, wörtlich Fernglas
Franzbrötchen	Plunderteig mit Zimt und Butter, ursprünglich aus Hamburg
Jo	Ja
fünsch	wütend, ärgerlich
vertüdeln	vergeuden
Wo geiht di dat?	Wie geht es Dir?
Klönschnacktür	Zweigeteilte Außentür, bei der man einen Klönschnack halten kann, indem man nur den oberen Teil öffnet
Mors	Hinterteil
Friesenschnitten	Blätterteig, Pflaumenmus, Sahne
Kluntjes	Kandiszucker
Graue Stadt am Meer	Husum, der Begriff wurde von dem Dichter Theodor Storm geprägt
mittenmang	mittendrin
Döntjes	Anekdote aus dem Alltag
Landunter	Überschwemmung der Halligen bei Hochwasser/Sturmflut

verteIln	erzählen
Halliglüüd	So nennen sich die Halligbewohner selbst

Hat Ihnen die Geschichte gefallen?

Dann freue ich mich sehr über eine positive Rezension bei Amazon oder auf einem anderen Portal, denn Bewertungen werden für uns Autoren immer wichtiger.
Das muss kein langer Text sein, schreiben Sie einfach, was Sie anderen Lesern gerne zu dem Buch mitteilen wollen. (Aber natürlich nicht verraten, wie die Geschichte endet.)
Ich danke Ihnen im Voraus!

Herzlich
Ihre Stefanie Schreiber

Danksagung

Bevor ein neues Buch das Licht der Welt erblickt, gibt es erst einmal viele Stunden des Planens, Recherchierens und des Schreibens. Dafür nutze ich am liebsten die frühen Stunden des Tages. Morgens und am Vormittag bin ich frisch und kreativ.

Im Anschluss wird der Text mehrfach überarbeitet! Ich freue mich sehr, dass ich dafür so großartige Unterstützung habe. Ich danke meiner Lektorin Ursula Schneider, die den Text mit ihren Anregungen bereichert. Ich danke meiner Korrektorin Margarete Götz, die jedem Fehler auf der Spur ist.

Vielen Dank an meine Designerin Jette Marthens, die nicht nur Emilia und Piet ein Gesicht verliehen hat, sondern auch die Cover der Nordfriesen-Reihe gestaltet und meine Texte setzt.

Eine große Bereicherung in meinem Autorinnenalltag stellen meine Kolleginnen Aurelia Blum, Maiken Brathe und Sabine Hirschfeld dar, mit denen ich im täglichen Austausch zu allen Fragen rund um den Schreibprozess verbunden bin. Wir unterstützen uns in konkreter Textarbeit, sowie bei der Zielerreichung und Motivation. Ich bin dankbar, Teil dieses großartigen Teams zu sein!

Schließlich gilt mein Dank meinem Team von treuen Testlesern, die mich im Schreibprozess unterstützt haben.

Ihre

Stefanie Schreiber

Die Autorin über sich

Meine Leidenschaft für das Schreiben entstand bereits vor über fünfundzwanzig Jahren, doch ich hatte mich nach meinem betriebswirtschaftlichen Studium gerade selbständig gemacht und wollte erst einmal "bodenständig arbeiten", um meine Existenz zu sichern.

Meine Liebe zur Nordsee begann nach dem Abitur bei einem zehntägigen Aufenthalt nahe Heide, weil mein Geld für die geplante Nordkap-Tour nicht reichte. Der Urlaub legte außerdem den Grundstein zu meiner Altersvorsorge mit Ferienimmobilien; ich träumte seitdem von einem eigenen Haus unter Reet.

Als ich 2011 beschloss, mich endlich dem Schreiben zu widmen, entschied ich mich für ein berufsbegleitendes Journalismus-Studium, um meine Schreibkompetenz auf professionelle Beine zu stellen. Die daraus resultierende Idee, mein betriebswirtschaftliches Know-how und meine langjährige Vermietungserfahrung in Wirtschaftsratgebern zu vereinen, brachte mich über die nächsten Jahre von meinem Plan ab, Geschichten zu erzählen.

2017 plante ich meinen ersten Krimi. In einem Workshop entstand die Idee, auch diesem den Ferienhaus-Background zu verleihen - und wo ist es schöner als in Sankt Peter-Ording? Ich baute die *Weiße Düne* und schuf meinen schrulligen Hausmeister Torge Trulsen, der als Miss-Marple-artiger Hobbyermittler, den Kommissaren gerne dazwischenfunkt.

Nach Vollendung meines achten Sankt-Peter-Ording-Krimis küsste mich die Muse. Die Charaktere Emilia und Piet Anderson erblickten das Licht der Welt und ermitteln nun parallel in meiner neuen Reihe.

Stefanie Schreiber

Leseprobe

Torge Trulsen

Charlotte Wiesinger

Todesfalle Hochzeit in St. Peter-Ording

Der zweite Fall
für Torge Trulsen und Charlotte Wiesinger

Prolog

Als die Tür ins Schloss fiel, blieb sie wie erstarrt am Tisch sitzen. Niemals hätte sie vermutet, dass er ihr so etwas antun würde. Seine schmeichelnden Worte und seine Beteuerungen waberten wie Nebel durch ihr Bewusstsein. Eine Gänsehaut prickelte über ihre Arme, zog von den Händen hinauf zu den Schultern bis in den Nacken. Wie oft hatte er ihre Bedenken zerstreut, sie mit seinem Charme eingewickelt! Die vielen Aufmerksamkeiten und Reisen über das Wochenende sowie sein stets offenes Ohr für ihre Träume oder auch Sorgen hatten sie von der Ernsthaftigkeit ihrer Beziehung überzeugt. Er schmiedete Pläne mit ihr und sie hatte ihm vertraut!

Mit dem Schreien des Babys kehrte sie in den Raum zurück. Ihr Blick fiel auf den Tisch, auf dem das Bündel Geldscheine sie verhöhnte. Heiße Wut stieg in ihr hoch und verdrängte für einen Moment das Gefühl der Demütigung. Nicht einmal die Mühe, die Scheine in einen Umschlag zu stecken, war sie ihm Wert gewesen, zog der banale Gedanke durch ihren Kopf.

Das Schreien des Säuglings im Nebenzimmer wurde lauter.

Sie packte das Bündel, um es mit voller Wucht gegen die Wand zu schleudern. Wie ein zerschnittener Regenbogen segelten die bunten Noten fast lautlos an der Wand herunter. Vielleicht schien es auch nur so, weil der Kleine nebenan noch einmal an Lautstärke zulegte.

Der Ausbruch hatte ihre Stimmung nicht verbessert, doch es war Bewegung in ihren Körper gekommen. Noch etwas schwerfällig erhob sie sich, warf einen letzten Blick auf das wirre Durcheinander, das der Geldregen nun auf dem Boden bildete, um sich dann um ihren Sohn zu kümmern.

Mit dem Baby auf dem Arm wanderte sie schließlich durch die Wohnung. Der Körperkontakt hatte beide beruhigt, aber ihre Gedanken liefen Amok.

Sie erinnerte sich genau an den Tag vor einem halben Jahr, als sie ihm von der Schwangerschaft erzählen wollte. In ihrer kleinen Küche hatte sie ein köstliches Drei-Gänge-

Menü gezaubert, den Tisch hübsch eingedeckt, Kerzen aufgestellt und extra eine gute Flasche Wein gekauft. Ihr Herz hatte bis zum Hals geklopft, als er mit einem Strauß herrlich weißer Rosen vor der Tür stand. Sofort nach dem Eintreten, bemerkte er die besondere Stimmung. Charmant wie immer nahm er sie in seine Arme und konnte es nicht abwarten, zu erfahren, was sie ihm zu sagen hatte. Sie ließ ihn bis zum Dessert zappeln, mehr aus Angst vor seiner Reaktion, als um die Spannung ins Unermessliche zu steigern.

Mit dem Nachtisch stellte sie ihm die kleine Tüte mit den Babyschühchen auf seinen Platz. Keine ausgesprochen originelle Idee, aber sie war sich sicher, kein Wort herauszubekommen, um ihm die Neuigkeit mitzuteilen. Gegen ihre Erwartung freute er sich wie ein kleines Kind zu Weihnachten, wenn alle Geschenke von dem Wunschzettel erfüllt wurden. Er nahm sie wieder in seine Arme, wirbelte sie herum und tanzte mit ihr durch die Wohnung, wobei er schrecklich falsch eine Melodie dazu pfiff.

In diesem Moment des großen Glücks war sie sicher, er würde seine Frau endlich verlassen, um mit ihr ein neues Leben anzufangen. Sie wusste, wie sehr er sich eine Familie, insbesondere einen Stammhalter wünschte!

Doch die Wochen vergingen. Aus Wochen wurden Monate. Außer ihrer ständig sinkenden Stimmung veränderte sich nichts. Sie sahen sich regelmäßig, er brachte ihr Geschenke für das Ungeborene mit, aber seine Frau verließ er nicht.

Sie beruhigte sich wieder mit allen erdenklichen Argumenten. Das ging eben nicht so schnell. In seiner Position musste er erst alle möglichen Dinge regeln, um eine schmutzige öffentliche Scheidung zu vermeiden. Es sprach für ihn, dass er seine Frau nicht einfach wie ein altes Möbelstück in die Ecke stellte, weil sie nicht schwanger wurde.

Im Nachhinein wurde ihr klar: Sie hatte nach und nach seine feigen Ausreden übernommen, um die ganze Situation zu ertragen.

Was für eine großartige Manipulation!

Ihre Zweifel waren über die Wochen gewachsen wie ihr Bauch, doch es war sowieso zu spät gewesen, irgendetwas zu ändern. Sie hatte sich selbst in diese Lage gebracht – natürlich gegen die gut gemeinten Ratschläge ihrer Freundinnen, nun musste sie da durch, die Hoffnung starb zuletzt.

Und an jenem Tag war es soweit. Die Hoffnung starb mit einem Paukenschlag, den sie sich bei allen Zweifeln so nie ausgemalt hätte.

Wieder kam sie bei ihrer Wanderung durch die eigene Wohnung an dem Durcheinander aus Geldscheinen vorbei. Wieder kochte die Wut in ihr hoch, als seine Worte, mit denen er sie ihr übergeben hatte, in ihr widerhallten.

Seine Frau sei ebenfalls schwanger, bereits seit ein paar Monaten. Sie hätte die kritische Zeit nun überstanden, nach zwei Fehlgeburten waren sie beide sehr erleichtert. Das müsse sie verstehen, unter diesen Umständen könne er sein Leben nicht komplett umkrempeln.

Sie konnte sich nicht daran erinnern, dass er auch nur einmal gesagt hätte, es täte ihm leid.

Er würde aber für sie und das Baby in finanzieller Hinsicht sorgen. An diesem Punkt hatte er in die Tasche gegriffen und das Bündel Geldscheine herausgenommen. Ohne ein weiteres Wort hatte er es vor sie auf den Tisch gelegt, war aufgestanden, um daraufhin nicht nur die Wohnung, sondern ihr Leben zu verlassen.

Sie war fest entschlossen, ihm diesen Plan zu verhageln.

Bettina in Friedrichstadt

Samstag, den 09. Mai

Obwohl es an diesem Frühlingstag bereits ungewöhnlich warm war, prickelte beim Anblick der strahlenden Braut in der offenen Kutsche eine Gänsehaut über ihre Arme. Ein nicht eingeweihter Beobachter hätte dies als sentimentale Anwandlung und Freude für ihre kleine Schwester werten können, doch Bettina von Haferkamp wusste es besser. Kalt schloss sich die Hand um ihr Herz, als das prunkvolle Gefährt vor dem Rathaus anhielt und Constanze der wartenden Hochzeitsgesellschaft zuwinkte. Das edle weiße Satinkleid, dezent mit schimmernden Perlen bestickt, schmiegte sich eng an ihre schmale Taille. Ein Windhauch erfasste den Schleier und die lockigen blonden Haare, um für einen Moment das perfekte Bild zu zerstören, doch das milderte Bettinas innere Aufruhr nicht. Sie hätte hier und jetzt lächelnd von Verwandten, Freunden und dem Bräutigam empfangen werden sollen!

Als im letzten Jahr ihr Hochzeitstermin mit Konstantin Winkler festgelegt war, schwebte sie auf Wolke sieben. Trotz ihrer zweiundvierzig Jahre hatte sie noch nicht viel Romantik erlebt. Die Angst, dass sich Männer mehr für ihr Vermögen als für sie selbst interessierten, hatte so manche Beziehung im Keim erstickt. Bis ihr Vater Johannes von Haferkamp ihr im letzten Jahr auf einem Ball Konstantin vorstellte.

Da er nicht nur gutaussehend war, sondern ebenfalls aus einer wohlhabenden Unternehmerfamilie der Hotelbranche kam, schob sie alle Bedenken beiseite und gab sich seinem charmanten Werben hin. Sie verbrachten einige gemeinsame Monate, die Bettina als die glücklichsten ihres Lebens empfand. Er war nicht nur unbeschwert, sondern immer fröhlich, steckte ständig voller neuer Ideen, womit er sie komplett aus ihrem Trott herausriss. Zwei-, dreimal pro Woche holte er sie ab, zeigte ihr ungewöhnliche Orte in Hamburg, entführte sie in exotische Restaurants, berauschte sie mit seinem frühen Heiratsantrag – bis zu jenem verhängnisvollen Abend, an dem die frohe Botschaft der Familie verkündet werden sollte.

Zu der kleinen Verlobungsfeier luden ihre Eltern Marion und Johannes in deren Villa an der Alster ein. Da Bettina auf den engsten Kreis bestanden hatte, kam außerdem nur die jüngere Schwester Constanze mit ihrem Lebensgefährten Felix. Sie waren bereits fünf Jahre zusammen und ihre Beziehung schien nicht nur stabil zu sein, sondern wirklich Zukunft zu haben. Immer wieder fragte sich Bettina nach diesem Abend, wie sie es hätte verhindern können, dass sich Konstantin scheinbar sofort in ihre Schwester verknallte. Als sein Flirten erwidert wurde, begann der Albtraum Gestalt anzunehmen. Nur wenige Wochen später löste Konstantin die Verlobung, woraufhin Constanze ihrem Felix den Laufpass gab.

Ihre eigene Schwester stahl ihr die Hochzeit und das Lebensglück!

Als Bettina aus ihren düsteren Gedanken wieder auf den Marktplatz des kleinen nordfriesischen Luftkurortes zwischen Eider und Treene zurückkehrte, kletterte Constanze gerade mit einem glücklichen Lächeln aus der Kutsche.

Am liebsten wäre sie selbst vor einigen Tagen in ein Flugzeug gestiegen, um an das andere Ende der Welt zu entfliehen. Einzig ihr Vater hatte sie davon abhalten können – und die Loyalität zu dem Familienunternehmen. Außerdem hätte es der Demütigung die Krone aufgesetzt, nun noch mit diesem Skandal durch die Klatschpresse zu wandeln.

Der Bereich vor dem Rathaus füllte sich. Nicht alle Gäste würden nach Friedrichstadt kommen, da der Raum des Standesamtes nicht groß genug war, sondern erst der Feier in ihrer Ferienhausanlage Weiße Düne in Sankt Peter-Ording beiwohnen, die sich seit langen Jahren im Besitz der Familie befand und einfach einer ihrer Lieblingsplätze war.

Gerade umarmte Constanze ihre Großmutter Martha, die es sich trotz ihrer zweiundneunzig Jahre nicht hatte nehmen lassen, an die Nordsee zu reisen, um die Hochzeit ihrer Enkelin mitzuerleben. Wie die meisten anderen wusste sie nichts von dem Konflikt zwischen den Schwestern. Bettina war unsicher gewesen, ihre neue Liebe früh in der gesamten Familie publik zu machen. Stolz ließ sich die alte Dame mit ihrer Tochter und Enkelin fotografieren. Ihr Vater Johannes stand einige Meter entfernt. Nur Bettina sah ihm die gemischten Gefühle an, die sicherlich nicht auf das Gespräch mit seinem Bruder zurückzuführen waren, obwohl sich deren Verhältnis erheblich verschlechtert hatte, als Karl seine erste Frau wegen einer fünfundzwanzig Jahre Jüngeren verließ. Solche Allüren waren dem erzkatholischen Johannes zuwider; sie passten seiner Meinung nach nicht in ihre Familie. Mittlerweile war Karl lange mit Andrea verheiratet; ihre fünfzehnjährigen Zwillinge Larissa und Janina waren in der Ferienanlage geblieben.

Nachdem ihr Blick den gesamten Marktplatz mit seinen wartenden Gästen erfasst hatte, bemerkte Bettina, dass etwas nicht stimmte.

Wo war eigentlich der Bräutigam Konstantin Winkler?

Torge in Friedrichstadt

Samstag, den 09. Mai

Torge Trulsen hatte wochenlang in der Ferienanlage Weiße Düne gewirbelt, damit für die Hochzeit der Eignertochter mit ihrem einflussreichen Bräutigam an diesem Tag alles perfekt war. Die meisten der hundertfünfzig Bungalows am Rand der Dünen von Sankt Peter-Ording waren für die Gäste des großen Ereignisses vorbereitet worden. Torge hatte jede Glühlampe, jede Schranktür und jeden Wasserhahn überprüft. Auf allen Matratzen wurde probegelegen, ständig war er mit dem selbstgebauten Lastenfahrrad, das er mit seinen Enkeln auf den Namen Henriette getauft hatte, zwischen den Feriendomizilen unterwegs gewesen, um zu kontrollieren, zu reparieren und zu verbessern. Immerhin war es in der Wintersaison etwas ruhiger in der Anlage, sodass er über die letzten Monate alles auf einen großartigen Stand bringen konnte. Abschließend war er in jede Ecke gekrochen, um sich von der Sauberkeit sowie der perfekten Präsentation der einzelnen Ferienhäuser zu überzeugen. Das Ergebnis ließ sich sehen und stellte ihn zufrieden. Die Familie von Haferkamp würde von seiner Arbeit sehr angetan sein, da war er sicher!

Das Einzige, was ihm gerade die Laune verhagelte, war Annegrets Wunsch, nach Friedrichstadt zu fahren, um sich das Hochzeitspaar aus der Nähe anzugucken. Hätte er bloß nicht so viel von dem bevorstehenden Ereignis berichtet!

Anfangs vermutete er, sie würde ihn nur zum Spaß ein wenig herausfordern. Amüsiert hatte er sich auf das Geplänkel eingelassen. Doch eines Morgens, während sie einmal wieder sein geliebtes Rührei mit Speck zubereitete, machte sie bei dem Thema ernst.

„Torge Trulsen!"

Sofort saß er kerzengrade vor seinem Kaffeepott.

„Ich verlange wirklich nicht viel, sondern lasse dir im Gegenteil große Freiheiten. Denk an deine ausführlichen Ermittlungen im Fall Schwertfeger im letzten September – oder wenn du einmal wieder mit deinen Kumpels im Lütt Matten versackst. Habe ich mich jemals beschwert?"

Da Torge nicht davon ausging, dass sie eine Antwort erwartete, hörte er lediglich zu und fragte sich, wohin der ungewohnte Ausbruch seiner Frau führen würde.

„Diesen einen Wunsch kannst du mir ja wohl erfüllen. Es ist doch eine freundliche Geste, das Brautpaar zu begrüßen, wenn sie das Trauzimmer verlassen. Wir gratulieren ihnen kurz, um unsere Verbundenheit zu bekunden. Was ist daran so schlimm?"

Torge verzichtete lieber darauf, seine Sicht der Dinge zu äußern. Wenn seine friedliche Annegret in solch einer Stimmung war, hielt er lieber die Klappe, so viel war ihm in über fünfundzwanzig Jahren Ehe klargeworden. Fieberhaft überlegte er, wie er aus der Nummer wieder herauskam, ohne auf sein Frühstück verzichten zu müssen. Die eigentlich sehr entspannte Annegret hatte es bei einem ihrer seltenen Wutanfälle schon einmal in den Abfalleimer geschüttet, als er bei einer ähnlichen Diskussion dagegenhielt.

„Ich weiß gar nicht, ob ich an dem Tag die Zeit finde, nach Friedrichstadt zu fahren“, startete er einen letzten Versuch, kam jedoch nicht weit damit.

„Torge Trulsen!“ Ihre Stimme wurde noch ein wenig lauter. „Du bereitest seit nahezu Monaten alles für die Hochzeitsgesellschaft vor. Du bist der Hausmeister und damit weder der Chefkoch noch der Oberkellner. Es wird überhaupt kein Problem sein, am Nachmittag für ein paar Stunden die Weiße Düne zu verlassen!“

„Da bin ich mir nicht so sicher, die Lessing könnte mich auf den Kieker nehmen, wenn nicht alles perfekt ist. Dann nervt sie mich wieder wochenlang. Das ist die Sache ja wohl nicht wert“, brummelte Torge vor sich hin. Mit der jungen Managerin Marina Lessing hatte er nicht das beste Verhältnis, was nicht zuletzt an ihrer Führungsschwäche und Torges ausgeprägtem Selbstbewusstsein lag.

Annegret hatte es plötzlich eilig, das Rührei zu wenden. Mit dem Blick in die Pfanne antwortete sie ihm murmelnd: „Die Lessing hat nichts dagegen.“

Es dauerte einen Moment, bis Torge die Tragweite des Satzes begriff. Vielleicht lag seine Begriffsstutzigkeit an diesem Morgen in seinem Hunger begründet. Als der Groschen gefallen war, wurde es augenblicklich ein bisschen kühler in der gemütlichen Friesenküche der alten Reetkate.

„Sag nicht, dass du mit der Lessing über meinen Dienstplan gesprochen hast!“, polterte er los, obwohl er die Antwort bereits kannte. „Annegret, das kann doch nicht dein Ernst sein! Du weißt genau, wie wenig ich so etwas mag. Hast du sie etwa deswegen angerufen?“

„Nein, natürlich nicht!“ Seine Frau kam mit der gehaltvollen Mahlzeit an den Tisch, um ihn zu besänftigen. Sie füllte den vor ihm stehenden Teller und schaute ihm schließlich direkt in die Augen.

„Ich habe sie beim Einkaufen getroffen. Wir sind ein bisschen ins Schnacken gekommen. Natürlich ging es irgendwann auch um die Hochzeit. Das wird das Ereignis des Jahres hier auf Eiderstedt. Na ja, da habe ich wohl erwähnt, wie gerne ich die Braut sehen würde und so. Sie hat quasi vorgeschlagen, dass wir beide nach Friedrichstadt fahren, um kurz zu gratulieren. Sie weiß ja, um wie viele Sonderwünsche der Braut du dich persönlich gekümmert hast. Dein Überstundenzettel ist mehr als voll, Torge."

Der Duft von Eiern mit Speck lenkte ihn von seinem Ärger ab. Tatsächlich hatte er in letzter Zeit sehr viel gearbeitet, wodurch die gemeinsamen Unternehmungen mit seiner loyalen Frau deutlich reduziert wurden. Torge gab sich einen Ruck. Vermutlich war es an der Zeit, ihr einen Gefallen zu tun. War ja im Grunde ein harmloser Wunsch.

„Na gut. Wenn es dir so wichtig ist ..."

Schon strahlte Annegret wieder. Manch einer würde sich über eine so unkomplizierte Frau freuen. Sie drückte ihm einen Kuss auf den Mund.

„Ich danke dir! Also iss, bevor alles kalt wird."

Das war in der vergangenen Woche gewesen. Nun stand er im Schlafzimmer vor dem Kleiderschrank, um seinen einzigen guten dunkelgrauen Anzug aus der hinteren Ecke zu kramen. Schon beim sechzigsten Geburtstag seines Schwagers vor drei Jahren war er etwas eng gewesen. Abgenommen hatte er seitdem sicherlich nicht, auch wenn Annegret immer wieder versuchte, ihn für Brokkoli und solche Sachen zu begeistern.

Das Hemd passte noch einigermaßen, aber als er die Hose anzog, verfluchte er einen Moment lang seine Leidenschaft für gutes Essen und süßen Kaffee. Außerdem seine Schwäche für Pralinen. Und die Bierchen am Abend. Mit Mühe bekam er den Knopf geschlossen. Nachdem er das Sakko übergezogen hatte, stellte er sich vor den Spiegel. Er sah genauso verkleidet aus, wie er sich fühlte! Da er jedoch schlecht im Blaumann zu der Hochzeit fahren konnte und es für einen Rückzieher definitiv zu spät war, musste er da jetzt durch. Annegret war bereits fertig. An diesem Punkt ihre Vorfreude zu zerstören, brachte er einfach nicht über das Herz.

Während er in Gedanken versunken vor dem Schrank stand, betrat sie das Schlafgemach. Ihr anerkennender Blick zerstreute seine Zweifel.

„Du könntest dich noch kämmen, aber ansonsten siehst du echt schnieke aus."

Torge machte sich selbst nichts vor: Die meisten Frauen hielten ihn nicht für übermäßig attraktiv. Mit 1,75m etwas zu klein, durch die Freude an Annegrets Kochkünsten ein wenig untersetzt. Doch auf seine blonden, vollen Locken war er wirklich stolz. Andere Männer hatten mit Mitte fünfzig bereits hohe Geheimratsecken oder eine Teilglatze.

Nun griente er. „Meine Frisur sitzt tadellos, so wie dein schönes Trachtenkleid. Du siehst großartig aus, min seute Deern. Die anderen Männer werden mich beneiden."

„Quatsch, die haben heute sowieso nur Augen für die Braut. Nun lass uns endlich los!"

Als sie den Marktplatz in Friedrichstadt eine halbe Stunde später erreichten, waren bereits zahlreiche Hochzeitsgäste eingetroffen. Aus der Eignerfamilie von Haferkamp entdeckte Torge lediglich die Schwester der Braut. Er erinnerte sich gut an die Besprechungen, bei denen sie sich für die Organisation rund um die Bungalows verantwortlich zeigte. So wie heute war sie stets perfekt gekleidet, doch gelächelt hatte sie nicht ein einziges Mal. Auch jetzt wirkte sie angespannt. Keine Spur der Freude über die große Familienfeier. Wieder kein Lächeln. Unruhig blickte sie sich um, wartend auf den Rest der Familie und das Brautpaar.

„Komm, wir holen uns da vorne ein Eis." Torge zeigte auf die Ecke des Marktplatzes. „Dann lungern wir hier nicht so herum, solange es noch gar nicht losgeht."

Annegret hakte sich bei ihm ein. Ganz offensichtlich genoss sie den kleinen Ausflug bei bestem Wetter. Er wusste, dass es nicht nur um die Hochzeit ging. Sie liebte den Anblick einer Braut in einem wunderschönen weißen Kleid, aber sie war auch einfach gerne in dieser kleinen Holländerstadt, die mit historischen Giebeln und malerischen Grachten eine wunderbare Auszeit vom Alltag bot. Hinter dem Marktplatz schloss sich eine Fußgängerzone an, in der sich zahlreiche individuelle Geschäfte aneinanderreihten. Sicherlich würde Annegret ihn nach der Begrüßung des Brautpaares dorthin ziehen. Er hatte vorsichtshalber seine EC-Karte eingesteckt.

Von der Eisdiele aus konnten sie die Gäste prima beobachten. Fast alle waren festlich gekleidet. Ausgelassen plauderten sie miteinander und genossen ganz offensichtlich den Sonnenschein sowie die unbeschwerte Atmosphäre vor der schönen Kulisse. Wie er von Bettina von Haferkamp wusste, waren die Eingeladenen aus der gesamten Bundesrepublik angereist. In kleinen Grüppchen standen sie zusammen. Auch der Fotograf war bereits da. Er sollte die besonderen Augenblicke für die Ewigkeit festhalten.

Torge schaute auf seine Uhr: 14.30 Uhr. Merkwürdig, der Bräutigam war noch gar nicht aufgetaucht. Wenn die Trauung pünktlich um drei stattfinden sollte, wäre jetzt ein guter Zeitpunkt, um zu erscheinen und auf die Braut zu warten. Oder war das heute nicht mehr so üblich?

„Ciao Annegret, ciao Torge! Was führt euch denn nach Friedrichstadt? Wow, und so fein angezogen! Seid Ihr auf die Hochzeit eingeladen?"

Freudig begrüßte das Paar Antonio, den Besitzer der Eisdiele.

„Nein, wir sind nicht eingeladen, wir wollen dem Paar aber trotzdem gratulieren und unsere guten Wünsche überbringen", antwortete Annegret.

„Sie meint, wir sind nur neugierig, eigentlich haben wir hier überhaupt nichts verloren", ergänzte Torge lächelnd die Ausführungen seiner Frau.

„Ah, Bella. Eine Hochzeit sollte man sich nie entgehen lassen. Habt Ihr Zeit für einen Espresso? Wir haben uns lange nicht gesehen. Lucinda hat ihr Bambino im März bekommen, ich würde euch als stolzer Nonno gerne ein paar Fotos zeigen. Kommt mit rein, das gute Wetter könnt Ihr noch den ganzen Tag genießen."

Eine Viertelstunde später mahnte Annegret zum Aufbruch. Der Marktplatz hatte sich gefüllt, die Familie war eingetroffen. Torge erkannte Marion von Haferkamp, die Mutter der Braut. Sie stützte eine sehr alte Dame, die wie eine ältere Ausgabe ihrer selbst aussah – also vermutlich die Großmutter von Constanze und Bettina von Haferkamp. In diesem Moment wurde sie von Bettina umarmt, für ihre eigene Mutter hatte sie lediglich ein knappes Nicken übrig. Gute Laune sah anders aus. Irgendetwas stimmte dort nicht!

Constanze von Haferkamp war in einer beeindruckenden weißen Kutsche auf den Platz gefahren worden, fröhlich winkte sie der wartenden Gesellschaft zu. Neben ihr saß eine Frau in ähnlichem Alter, die Torge bisher nicht kennengelernt hatte. Wurde die Braut nicht eigentlich von dem Vater gebracht, um an den Bräutigam übergeben zu werden? War er so altmodisch oder lag es an der Familie, die auf Traditionen keinen Wert legte?

Torge entdeckte das Familienoberhaupt Johannes von Haferkamp im Gespräch mit einem Mann, der sein Bruder sein konnte - in Begleitung einer wesentlich jüngeren Frau, vielleicht dessen Tochter. Während die Hochzeitsgäste die Kutsche umringten, um die Braut zu begrüßen, und möglichst den ersten Blick auf das Kleid zu erhaschen, bewegte sich Johannes von Haferkamp nicht in diese Richtung. Torge wunderte sich über dessen Stimmung. Statt vor Stolz zu platzen, stand er mit geradezu versteinertem Gesichtsausdruck da.

Auch die Reichen hatten ihre Sorgen. Hier schienen außerdem einige Konflikte unter der Oberfläche zu brodeln.

Langsam näherten sich Annegret und Torge der Gesellschaft. Torge ließ den Blick weiter über die Gäste schweifen. Am Rande des Geschehens stand eine Dame, die er auf Mitte sechzig schätzte. In gerader Haltung beobachtete sie genauso wie er selbst die Szenerie. Trotz ihrer altmodischen Garderobe stand sie würdevoll da. Torge fühlte sich an Marlene von Hofstetter erinnert, die er im letzten September kennen und schätzen lernen durfte. Ihre Kleidung war nicht festlich, eher klassisch. Ein langer geflochtener

Zopf fiel über ihre Schulter nach vorne. Warum stand sie wohl ganz alleine am Rand des Platzes? Als sie einen Blick auf die Braut erhaschte, ließ ein warmes Lächeln ihre Augen leuchten.

„Schau dir doch die Braut an! Sieht sie nicht einfach wundervoll aus? Und dieses Kleid, das ist ja ein absoluter Traum!“ Annegret war ganz aus dem Häuschen.

„Meine Mutter hat immer gesagt: Wer als Braut nicht gut aussieht, kann es vergessen“, gab Torge nüchtern zur Antwort. „Mit Geld ist eben alles einfacher. Das Kleid hat bestimmt ein Vermögen gekostet.“

„Nun vermies mir nicht meine Begeisterung. Wir sind hergekommen, um uns an dem schönen Anblick zu erfreuen. Ob sie Geld haben, kann uns doch egal sein. Immerhin sorgen sie für unseren Lebensunterhalt.“

Torge hörte nur mit einem halben Ohr hin. So sehr er sich auch anstrengte, er konnte in der Menge nicht den Bräutigam entdecken!

***

Die Kuschelkrimis von Stefanie Schreiber

Sankt-Peter-Ording-Kriminalromane
Die Fälle für Torge Trulsen und Charlotte Wiesinger:

1. Mord im Watt vor St. Peter-Ording
2. Todesfalle Hochzeit in St. Peter-Ording
3. Das 13. Kind aus St. Peter-Ording
4. Doppelmord hinterm Deich bei St. Peter-Ording
5. Tatort Weiße Düne in St. Peter-Ording
6. Nachts im Pfahlbau in St. Peter-Ording
7. Im Schatten der Rache bei St. Peter-Ording
8. Trügerische Stille in St. Peter-Ording
9. Göttliche Gier in St. Peter-Ording
10. Fatale Begegnung in St. Peter-Ording

   Fortsetzung folgt!

Nordfriesen-Küstenkrimis
Die Fälle für Emily Anderson:

1. Nordfriesenmord
2. Nordfriesenfrost

   Fortsetzung folgt!

Anekdoten:
20 Jahre Reetkate Tating - Aus dem Ferienhaus geplaudert - Erstaunliche Geschichten und emotionale Momente aus dem Alltag der Vermietung

Wirtschaftsratgeber zum Vermögensaufbau mit Ferienimmobilien:

Mit Ferienimmobilien Vermögen aufbauen und Steuern sparen! In elf Schritten zur erfolgreichen Vermietung

Das Arbeitsbuch! Mit Ferienimmobilien Vermögen aufbauen und Steuern sparen | Ihr persönlicher Begleiter auf den elf Schritten zur erfolgreichen Vermietung

Erfolgreiche Vermarktung Ihrer Ferienimmobilie!
Der optimale Marketing-Mix inklusive Social Media für Ihren Vermietungserfolg

Ihr Ferienimmobilien-Marketingplaner!
Eine strukturierte Arbeitsvorlage für Ihren optimalen Marketing-Mix inklusive Social Media

Reihe Ferienimmobilie aktuell:

1. Richtige Kaufentscheidung und erfolgreicher Start mit Ihrer ersten Ferienimmobilie!
2. Wirtschaftlichkeitsberechnung und Finanzierung Ihrer erfolgreichen Ferienimmobilie!